TAPIZADO CORAZÓN
DE ORQUÍDEAS NEGRAS

colección andanzas

ÉVOLET ACEVES
TAPIZADO CORAZÓN
DE ORQUÍDEAS NEGRAS

TUSQUETS
EDITORES

© 2023, Editorial Planeta Mexicana, S.A. de C.V.
Bajo el sello editorial TUSQUETS M.R.
Avenida Presidente Masarik núm. 111,
Piso 2, Polanco V Sección, Miguel Hidalgo
C.P. 11560, Ciudad de México
www.planetadelibros.com.mx

Fotografía de portada: iStock
Fotografía de la autora: © Évolet Aceves
Ilustraciones de interiores: © Évolet Aceves

Primera edición en formato epub: junio de 2023
ISBN: 978-607-39-0197-0

Primera edición impresa en México: junio de 2023
ISBN: 978-607-39-0149-9

Impreso en los talleres de Litográfica Ingramex, S.A. de C.V.
Centeno núm. 162-1, colonia Granjas Esmeralda, Ciudad de México
Impreso en México – *Printed and made in Mexico*

A mi abuelita (†), la primera a quien le hice saber
de la publicación de ésta, mi primera novela,
que no alcanzó a leer.

A mis padres y hermanos.

A Braulio Peralta.

A Elena Poniatowska.

A Beatriz Espejo.

A Patricia Rosas Lopátegui.

A Gabriela Jáuregui.

A Brenda Lozano.

A Michael K. Schuessler.

A Lila Downs.

A Guadalupe Amor (†).

Por último, quiero dedicarla al temeroso
y pensativo niño que fui. Fue él quien escribió
los renglones de este libro por mí.

Si vosotros sabéis lo que es la noche,
os ruego que entendáis mi oscuridad.

GUADALUPE AMOR (1947)

*Fashion has a life and laws of its own which are difficult
for the ordinary intelligence to grasp.* *

CHRISTIAN DIOR (1956)

*Die Liebe ist stumm, nur die Poesie
kann für sie sprechen.* **

NOVALIS (1802).

* La moda se rige bajo sus propias leyes y tiene vida propia, por lo que es difícil
para ciertas personas entenderla.
** El amor es mudo, sólo la poesía puede hablar por él.

Advertencia

Ésta es una obra de ficción. Se tomaron licencias históricas por propósitos meramente narrativos.

Tapizado corazón de orquídeas negras,
corazón por dentro nacarado;

es mi caprichoso corazón
laberinto indescifrado
de recuerdos constelados;

es mi ennegrecido corazón
un diamante anochecido,
templo de fulgor marchito;

es mi aperlado corazón
catedral de mis martirios,
salmo de angustias formado;

es mi vanidoso corazón
un sollozo compungido,
es la sombra de su encanto;

la memoria del olvido.

*But there are moments when one has to choose between
living one's own life, fully, entirely, completely—or
dragging out some false, shallow, degrading
existence the world and its hypocrisy demands.**

OSCAR WILDE (1892)

* Pero hay momentos en que es preciso escoger entre vivir la propia vida, plenamente, cabalmente, completamente… o arrastrar una de esas existencias falsas, superficiales,
degradantes, que el mundo pide en su hipocresía. (Trad. de Julio Gómez de la Serna).

Armario

En el interior de aquella habitación alfombrada como pasto selvático, tomaron lugar mis primeros recuerdos. Una especie de ola luminosa entraba por la ventana, dibujando en el aire ondulaciones de microscópicas partículas de polvo que se agitaban vertiginosas cuando mi madre sacudía sus prendas asfixiadas en el fardo de vestidos, que con tanto celo acumulaba en su armario de caoba: un clóset coronado por arabescos pletóricos que me mareaban al seguirlos con la mirada, mientras trataba de llegar al algoritmo indescifrable de aquellas extenuantes curvas tan arcanas. Cómo olvidar aquellos vestidos en extremo alucinantes...

El enorme ropero tenía tres lunas de azogue en las que miraba mi reflejo con recelo; temía que los espejos, gigantescos y ovalados, de pronto se volvieran lagos, mares, océanos, y que me devoraran para aislarme entre oscuros terrenos lacustres, rodeado por las criaturas amorfas de la noche que tanto evadía con mis lámparas encendidas al dormir.

Al mismo tiempo, aquellas aterradoras lunas me provocaban una especie de curiosidad; eran tan perfectamente elípticas que, de vez en cuando, me acercaba a observar

15

el delgado filo que separaba el frente del envés. ¿Qué había detrás? Antes de dormir me cuestionaba qué mundo habitaba al reverso de esas lagunas mercuriales. Llegué a pensar en abrir, por cuenta propia y sigilosamente, cada una de las puertas del clóset, pero sería imperdonable, ese mueble de la casa le pertenecía a mi madre como un altar, sería un sacrilegio siquiera intentar tocar sus vestidos con mi curiosa impertinencia.

Durante las noches aciagas me inundaban pesadillas en las que, al abrir el ropero, me encontraba frente a una neblina espesa que salía del armario, una neblina asfixiante que me jalaba con sus manos al interior del mueble, y yo clamaba pidiendo auxilio mientras mis dedos se aferraban a la boca del ropero infernal, pero por más que vociferaba mi desesperación, no salía el menor sonido de mi boca. Rezaba el avemaría prometiendo jamás volver a intentar abrir esa puerta. La niebla me jalaba cada vez con más fuerza. Todo era oscuro, la puerta que abrí se cerraba conmigo adentro.

Al despertar, mi madre estaba junto a mí, angustiadísima, con un rosario de abalorios en la mano. Llorando desesperadamente, yo sólo me aferraba a ella. Con el simple hecho de verla sabía que estaba a salvo, que no debía pensar más en ese ropero abominable.

Bolero de zapatos

Al final, la ansiedad carcomía mis entrañas; me quemaba esa necesidad angustiosa e imperante de conocer la materia que habitaba detrás de las lunas de azogue. Y entonces encontré una oportunidad.

Algunos fines de semana mis padres me llevaban al circo Orrín junto con mis hermanos mayores: Leopoldo y Narciso, siete y tres años mayores que yo. Pero un domingo fingí sentirme mal del estómago para cumplir mis intenciones y descubrir al fin los secretos del armario. Como respuesta a mi dolor gástrico ilusorio, mis padres decidieron dejarme con Adolfa y Felisindo.

Felisindo estaba a cargo de la jardinería y de cualquier otro arreglito de albañilería que requiriera la casa. Era el enmendador de mi hogar. Con sus mágicas manos solucionaba todo, hasta talló un caballito de madera en el que pasaba mis tardes cabalgando al interior de mi aposento. Su nombre me evocaba alegría. Todo él era un hombre trabajador; proveniente del campo, pero aventado por el viento a la ciudad a causa de las sequías. Me contaba que su padre le decía: «Si vas a ser bolero, sé el mejor y lustra los zapatos como ningún otro». Y aunque nunca lo vi boleando zapatos, sí vi cómo boleaba mi casa, convirtiéndola en un estallido de fulgores.

Me enteré por una imprudencia de Adolfa, el ama de llaves, que la esposa de Felisindo, asistente de los curas, lo había engañado con el joven y recién llegado sacerdote de la parroquia, a quien tan devotamente sirvió que terminó por asistirlo hasta en sus placeres más carnales, a lo mejor en el lecho de Dios. Ya no llegó a esa parte Adolfa porque se dio cuenta de que me estaba diciendo indiscreciones, lo noté por sus ojos bien abiertos y sus manos silenciando su lengua traicionera. Pobre Felisindo, tan buen hombre…

Con frecuencia, Adolfa me hacía un té de manzanilla inigualable, tan amarillo como los elotes y más dulce que el mismo manzano. Ante mi impecable actuación estomacal, aquel día terminó por colmarme de té hasta llegar a un fatigoso empacho. El olor a manzanilla se quedó impregnado en mi piel, en cada partícula de mi cuerpo, en mi sudor; hasta mis sueños eran invadidos por su fragancia. El aroma me duró una semana entera. Naturalmente, no logré mi deseo caprichoso de llegar a la habitación de la alfombra verde, pero, sin duda alguna, regresaría después para descifrar los secretos del armario.

Hombres con pelos

En uno de mis viajes por la biblioteca, que algún día le perteneció a mi abuelo, entre los varios libros empolvados me dio curiosidad uno titulado *Fanny Hill: Memoirs of a Woman of Pleasure*. Cautivó tanto mi mirada y mi atención, que comencé a husmearlo. Estaba impúdicamente ilustrado con imágenes de cuerpos desnudos, de hombres y mujeres. Había unos muy bonitos, luego otros más grandes, con pelos. Temía que Dios le fuera a decir a mis padres lo que estaba viendo, pero mis curiosidades suelen ser intempestivas. Me tapé los ojos con la mano, mas veía todo por las rendijas de mis dedos ligeramente separados, al mismo tiempo me santiguaba pidiendo el perdón de Dios. Hojeaba con ansias aquellas páginas, quería ver más hombres desnudos, no sabía que sus cuerpos eran así de hermosos cuando se despojaban de sus prendas.

Aquella noche no logré conciliar el sueño, estuve pensando en el miembro de los hombres, en los voluminosos pechos de las mujeres y en esas glándulas mamarias similares a las de las vacas. Nunca había visto tanta desnudez. Cuando me bañaba Adolfa en la tina, ella siempre estaba vestida. Sólo yo me encontraba desnudo.

Mi ávida curiosidad me obligó a regresar todos los días a ese libro, hasta que terminé por devorarlo junto con otros más. Y yo que pensaba que las mujeres se embarazaban cuando les introducían el miembro por el ombligo, como los caballitos de mar...

Beso de abejorro

Adolfa era una persona elemental, siempre cuidaba de mí como si fuera su hijo; cuidaba tanto de mí como yo de ella. Su cabellera blanca siempre estaba recogida, me daba la impresión de que sobre su cabeza reposaba un panal de abejas y que en cualquier momento saldrían a picotearme. A esos bichos yo les guardaba un temor incalculable. Mi primer contacto con ellos fue en alguna visita a la alberca Pane, adonde solíamos ir con bastante frecuencia en los veranos. Aquella tarde soleada me encontraba expandido como estrella de mar sobre el camastro, mi madre me había comprado un nuevo traje de baño y yo me solazaba por largos periodos de tiempo recibiendo la luz del sol que acariciaba mi piel mojada, la humedad del viento caliente secando con lentitud las gotas de mi cuerpo para convertirlas en partículas volátiles. Me sentía una estrella alimentada por los rayos solares. De pronto, me petrifiqué ante la incipiente quemadura que emanaba de mis labios. Al inicio, pensé que eran los sórdidos rayos de sol, pero mi boca se inflamó estrepitosamente. Sentí mi semblante deforme, grité tan fuerte que a una señora se le cayó su coctel en la piscina y otra más se desmayó del susto.

Al tocar mis labios no me reconocí, me había convertido en el jorobado de Notre Dame. Mis padres acudieron solícitos a mi llamado. Al ver sus expresiones faciales, sabía que mi hermoso rostro se había convertido en una tragedia, me encontraba destinado a la fealdad eterna, era un hecho. No paraba de llorar, sentía entumida mi cara entera, la mitad de mi cuerpo. «Fue el maldito abejorro que andaba merodeando por aquí», dijo mi padre muy enfadado.

Después me explicaron que con el tiempo se me pasaría, me hicieron saber que aquel siniestro ocurrido en mis labios inocentes no se apoderaría de mí a perpetuidad. Me dieron una bebida sin alcohol, sólo así lograron apaciguar mis nervios. Le di la razón a mi padre, ese maldito abejorro seguramente me había inyectado el veneno con su diminuto aguijón. ¿Habrá confundido mis dulces labios con los de una abejita? Quizá. Posiblemente se enfadó al ver que se equivocaba y, al notar que no podía besarme ni embarazarme como a ellas, en lugar de beso, me dio un ponzoñoso zarpazo.

Al regresar a mi casa, Felisindo me dijo: «¿Y ahora por qué traes toda la boca floreada, pus qué te hicieron?». Yo me imaginé geranios y camelias saliendo por mi boca, tal vez el veneno del abejorro no era tan malo como pensaba, pues, en cierta forma, el abejorro embarazaba a las corolas para que nacieran más flores.

Botas de piel negras

Aquel clóset era el manantial de mis angustias, de mis mayores cuestionamientos y mis deseos más secretos. En su interior, al ras del suelo, mi madre colocaba cuidadosamente su inigualable arsenal de calzado de tacón: zapatillas, sandalias, botas...

Acechaba a mi madre cuando se acercaba a la habitación y observaba detenidamente cada movimiento que hacía al ponerse sus botines de tacón Luis XV. En particular, recuerdo unas botas negras de piel de un oscuro infinito, más negras que la zona abisal.

Era como un sueño ver aquel ritual de mi madre: situar las botas puntiagudas en el piso, ingresar sus delicadas piernas en ellas y religiosamente abrocharlas, botón por botón, mientras la luz las hacía brillar. Era necesario contar con mucho tiempo de vida. Yo contaba con ese tiempo y más, podría pasar siete vidas enteras observando con esmero el movimiento de aquel calzado que tenía una personalidad en sí mismo, no requería piernas para vivir, existía por sí solo. Me deleitaba así, viendo a mi madre mientras mis hermanos jugaban con algún balón en el jardín. Esas agobiantes botas negras se quedaron grabadas en mi memoria, como el lampo que se guarda en los ojos tras voltear a ver directamente al sol.

Trajecito baladí

El clóset me resultaba una especie de altar. Ejercía sobre mí una fuerza desconocida. Aquel mueble era magnánimamente sagrado, tanto así que sentía una necesidad acuciante de reverenciarlo todas las mañanas al desnudar mi cuerpo para ataviarme con el uniforme escolar, el cual extraía no del mágico armario de mi madre, sino del mío: un clóset modesto, sin detalles ni bordeado de infinitos alamares.

Mi uniforme estaba compuesto por un pantalón de gabardina azul marino, una camisa blanquísima, un suéter azul rey y mi corbata satinada, hecha de noche, relucientemente oscura. A pesar de que me veía muy guapo, el uniforme me resultaba fútil en comparación con los vestidos barrocos de mi madre y de mi abuela Ewa. Yo prefería usar uno de esos vestidos para asistir a la escuela en lugar de mi trajecito baladí.

En ocasiones usaba también un par de trajes, uno color blanco y otro azul marino, conformados por un saco y pantalones cortos, complementados por camisas abrochadas hasta el cuello, aunque, claro, hubiera preferido adornar la nobleza de mi rostro angelical con las delicadas prendas que tanto relucían en mis compañeras del colegio del turno vespertino, quienes dejaban caer sus caireles o sus moños de listón de seda sobre los cuellos de encaje.

Lo que más disfrutaba de mis trajes eran las medias de lana, de variados colores y texturas, que llegaban abajo de la rodilla. A ras del suelo, veía el fulgor de mis diminutos zapatos de charol negro.

Eso sí, sea cual fuere el pantalón que llevara puesto, yo siempre lo subía hasta lo más alto de mi cintura, lo ajustaba, bien ajustado, con el propósito de resaltar la prominencia de mis curvas pompas, mis alucinantes formas, porque Dios me otorgó el esplendoroso milagro de tener unas pompas divinas, únicas, más perfectas que las de la mujer más hermosa del mundo. Yo nunca las disimulo, todo lo contrario, las resalto. Y aunque intentara ocultarlas, mis religiosas curvaturas sobresalen, así, solas, sin mayor esfuerzo. Es tanta la prominencia de mis circulares contornos que no logro caber en mi orgullo.

Por lo regular hacía uso de los pantalones cortos en verano o durante los paseos dominicales con la familia, día en el cual Adolfa untaba la brillantina inglesa Yardley de lavanda en mi cabello para dotarlo de forma y vida, y así lucir radiante. Un domingo me levanté muy temprano, me envalentoné para acudir directamente al armario de mi madre, pues esta vez lo abriría. Por fin iba a descubrir a la luz del sol los abismales secretos de esas lunas de azogue. Al ser de día, no tendría por qué aparecer ninguna criatura temible, ésas sólo aparecen de noche.

Al llegar a la habitación alfombrada, me dirigí al armario y lo abrí en un santiamén. Un aroma a violetas habitaba aquel mueble repleto de vestidos y zapatos. Me vi aprisionado entre los reflejos del mercurio. Una prisión que

me gustaba por lo que contenía. Entonces aparecieron aquellos míticos zapatos perfectamente alineados ahí dentro. Saqué unas botas largas con el tacón Luis XV pulido a la perfección, y la estructura puntiaguda, finamente tallada en madera, estaba ornamentada de arabescos excesivos tejidos a mano; por el frente, estaban amarradas con una infinidad de lazos entrecruzados, la caña era muy alta para mi estatura. Nunca se las había visto a mi madre, posiblemente le pertenecieron a mi abuela. Tomé otros zapatos con un tacón Luis XV de madera de cerezo —mis padres me habían enseñado a diferenciar los de cerezo de los de caoba—, eran de terciopelo rojo, adornado con arabescos florales dorados encima y el empeine coronado por una llamativa horquilla. Parecían de pirata, un pirata de muy buen gusto.

Tal vez los espejos del armario me atraían irresistible-
mente hacia ellos sólo para que yo descubriera esos tesoros
de calzado. Pero entre los zapatos satinados, los de broca-
do y los opacos, mi atención se centró en las botas fulgu-
rantes que me mantenían por las noches en angustioso
estado: las botas negras de mi madre. Me inserté en el
mueble para alcanzarlas y, al situarlas sobre la alfombra, de
inmediato me las coloqué mientras la puerta del armario
se iba cerrando lentamente. Una vez cerrada, no pude
creer lo que vi en mi reflejo: era mi cuerpo, mi minúsculo
cuerpo fusionado a la fatalidad de aquellas botas negras,
majestuosas, que me llegaban a los muslos; su negro cen-
telleo me llenó el alma de una dicha inalcanzable. Estaba
viviendo mi mayor alegría, una que no duraría mucho.
Resultaba imposible mantenerme completamente erguido
sobre ese tacón Luis XV, mas no importaba, aprendería a
caminar en ellos, los dominaría para usarlos con tanto gar-
bo como mi madre.

De pronto, detrás de mí, una sombra fue apareciendo
en el espejo, una sombra que fue transformándose en mi

madre. Con silueta firme y voz tierna, me dijo: «Leonardo, hijo, ¿qué estás haciendo?... No, mi amor, esos zapatos son míos nada más. Son sólo para mujeres». Con un cariño asfixiante y letal, me levantó, desprendiéndome con delicadeza de sus botas. Al bajar la mirada vi cómo mis piernas iban saliendo, despidiéndose, despegándose de las botas por una fuerza ajena a mi albedrío, emigrando de ese palacio negro de mis sueños. Mi madre me arrancó suavemente de mi genuina felicidad para colocarme en unos botines enormes de suelas llanas, tan planas como el futuro que esos zapatos me auguraban: «Aquí sí puedes meterte, mi amor, en los zapatos de tu padre».

Sentí una estampida gutural de pájaros negros abalanzándose sobre mis entrañas, como río caudaloso, como maremoto fulminante. Quedé mudo. Paralizado. Ahí descubrí la diferencia entre yo y los demás niños. Esas palabras, que eran ecos martillando los destellos de mi inocencia, se convirtieron en el cerrojo bajo llave de la imposibilidad de ser mujer.

Se abrió, en cambio, la puerta de mi masculina condena.

Como avalancha, se vino sobre mí la vergüenza de mis deseos más profundos, de los actos de mi cuerpo; un cuerpo, a su vez, maniatado y sumergido en las aguas de la virilidad impuesta.

Al verme en el espejo, sentí mi cuerpo cortarse en el reflejo, mis fulgores se hundieron junto conmigo, muy en lo hondo de la prohibición, en el abismo del castigo. La única alternativa para salir de tal pesadilla viviente fue refugiarme en un llanto ahogado en lo más hondo del alma, del que fue testigo mi almohada y el pavorreal de piedras incrustadas que tenía por cabecera, un pavorreal que presenció durante repetidas ocasiones mis sollozos enmudecidos, los lamentos que gritaba a los más elevados decibeles pero sin sonido alguno, porque eran gritos hacia mi interior, ecos de un abatimiento silencioso.

Ni el sonido más estruendoso ni las más hondas tristezas podrían siquiera asemejarse al dolor que sentí frente a la imposibilidad de ocupar aquel sitio en este mundo: ese anhelado sitio gestante, proliferante; ese cuerpo al que se le aplaude por usar elegantes vestidos, medias y tacones, adornos de pies a cabeza. Jamás sería aquel cuerpo cortejado por hombres mediante serenatas, cartas y bailables. Aquellos serían placeres que yo nunca podría experimentar por haber nacido con un bulto entre las piernas.

Aunque mi cuerpo no me disgustaba, al contrario, me parecía muy bonito, con él no podía ser visto como la mujer que era. Parecía que nadie se interesaba en ver las camelias que tenía por órganos, las buganvilias que tenía por huesos. Intuía que la entrepierna era destino.

Ése fue mi pecado primigenio: haber nacido con una rosa entre las piernas. Es ése mi primer recuerdo.

Entrevista (primera parte)

1 de febrero de 1926

CAYETANA: Honestamente, prefiero aprovechar el tiempo contándote lo posterior a mi infancia. Si quieres indagar sobre mi niñez, te sugiero acudir a esa especie de diario que escribí durante varios años, carece casi por completo de fechas; en aquella época sólo pensaba en ser adulta, no en fechar mis diarios, sin saber lo que significaba ser una mujer adulta y joven como yo. Pero me parece que de ahí podrás extraer la información que deseas sobre mi primera etapa de vida. Además, los recuerdos cambian con el paso del tiempo. Es muy probable que lo que te diga ahora sobre mi infancia sea una imagen completamente distorsionada de lo que viví en aquellos años. Como te digo, la memoria es un recurso que se entrelaza con los deseos, con la represión.

Ese diario debo tenerlo por ahí. Desconozco por completo su paradero, pero sé que debe estar en algún lugar. Si lo encuentro te lo doy, para que puedas leerlo. ¿Cómo me dijiste que querías llamar tu libro sobre mi vida?... Querido, un libro sobre mi vida no puedes titularlo así de sencillo, así de simple. Ese libro merece llevar un título garigoleado, como solía describirme Adolfa: «mi niña garigoleada...».

Así que después habrá que pensar bien ese título. Luego te cuento quién es Adolfa… Me comentaste que habías escrito la introducción sobre tus impresiones al llegar a mi casa por vez primera. Préstamela, me gustaría leerla:

26 de enero de 1926
Me encontraba sumamente nervioso al visitar la casa de la poetisa
Cayetana de la Cruz y Schneider…

Aquí deberías cambiar *casa* por una palabra más propia para este palacio. Definitivamente ésta no es una casa cualquiera, este santuario es una casona. Acércame la pluma fuente, voy a rayar lo inapropiado y subrayaré las correcciones que deberás hacer. Y no se te olvide, querido, mencionar que también soy fotógrafa.
Continúo:

La ~~casa~~ casona ubicada en la calle de Versalles, en la colonia Juárez, se encuentra ~~descuidada, abatida por el tiempo y la falta de mantenimiento~~ en impecable y reluciente estado. A lo lejos, veo salir a la hermosa poetisa y fotógrafa a la que vine a ver. Se confunde entre los helechos que decoran la entrada del portón principal, camina con fragilidad y fuerza al mismo tiempo, con su larga bata de seda verde que se mece por el viento mientras camina —como las mejores modelos mexicanas— dirigiéndose a la reja donde me encuentro, con su aire de inocencia y, a su vez, severamente rutilante. Tiene un bucle prominente sobre su frente, las chapas pigmentan sus mejillas, su cuello está repleto de suntuosas perlas interminables, hay aros de diferentes tamaños en sus muñecas, tiene manos cuajadas de anillos engastados con antiguas piedras. Me sudan las palmas, me parece inaudito que aquella mujer de inefable belleza haya escrito tales versos y capturado tales fotografías.

La bella y joven poetisa, con sus labios pintados de un púrpura casi negro, me lanza una amigable sonrisa que entrevera una sensibilidad sumamente aguda. Me pregunta:

—¿El periodista Juventino?

—Sí, buenas tardes, señorita —respondo nervioso.

—Adelante, pasa, por favor —me dice con su voz dulce y grave por igual, la mujer de las dualidades—. Me encanta que me digas «señorita», aunque somos casi de la edad, querido, siéntete con la confianza de llamarme Cayetana. Tienes un buen nombre, me recuerdas al poeta melódico Juventino Rosas, quien formó parte de la ópera de la amiga de mi abuela: la soprano Ángela Peralta, qué angelical voz, ¿no crees? Siempre acudía a mi familia para diseñar sus vestidos, sólo mis abuelos lograban satisfacer los caprichos de Ángela —musita sonriendo mientras mis nervios evidentes se van descongelando.

Al ingresar, se percibe una insondable nebulosa que habita al interior de su sala. El humo de tabaco mezclado con un singular aroma a jazmines perfuma la estancia entera.

La poetisa y fotógrafa Cayetana se sienta en el sillón individual de terciopelo rojo, invitándome a hacer lo mismo donde esté más cómodo. Todos sus sillones —art nouveau— ~~están ligeramente maltratados, pero~~ son de muy buen gusto. Me encuentro impresionado, más bien cautivado, con la cantidad de detalles decorativos en su casa y los muebles de estilo rococó tan bien conservados. Ventanales de una herrería idílicamente ornamentada, floral y vesánica a la vez.

En el ecléctico hall hay vitrinas con muñecas que parecen niñas arregladas, ¿victorianas, isabelinas? Ella les pintó las chapas a todas con sus mismas brochas, me afirma.

Hay una mesa estilo Luis XV rodeada por sillas de bejuco. Sobre la mesa, vajillas ~~empolvadas~~ de plata y un hermoso florero de porcelana al centro, con un cúmulo de orquídeas y camelias vibran-

tes por hermosas; en los rincones hay cómodas relucientes, sobre una de ellas está un fonógrafo; sobre las demás, innumerables figuras de Lladró con señoritas finiseculares en vestidos de crinolina sosteniendo delgadísimas sombrillas, así como ángeles del mismo material y perritos de porcelana Staffordshire; hay también un catalejo dorado que apunta al firmamento por uno de los ventanales.

Cuadros, espejos, lámparas, candelabros de araña de cristal.

Es como encontrarse en un museo de orfebrería europea o en un cuento feérico. Hay una jaula al final del pasillo, tanto lóbrega como profundamente misteriosa, que guarda en su interior un escritorio muy antiguo, varios libros, hojas ordenadas, plumas fuente y varias máquinas de escribir; todo ello coronado por otro candelabro de araña de cristal. Me pregunto, ¿de qué habrá sido testigo aquella enorme jaula?, ¿qué pájaros la habrán habitado?, ¿quién la habrá construido?

Me parece un buen inicio, querido. Asegúrate de hacer las correcciones que marqué.

Para empezar, me gustaría leerte un poema que escribí anoche. Lo intitulé *Cósmica*:

Soy expandida colisión
de estrellas,
una ráfaga de luz
de opalescentes luces de espinela
sostenida
por dos piernas de caladas medias.

Son mis glúteos de alabastro
dos desconocidos planetas
compuestos por estelas de asteroides
y olas gravitacionales.

35

Orbitados son mis glúteos
por los sueños incendiarios de los hombres
y por los negros abalorios aperlados
que tengo por simétricos lunares:
son las lunas
de mis cósmicos pecados circulares.

JUVENTINO: Es verdaderamente cautivador, señorita Cayetana.

Alcanzo a ver la letra de sus cuadernos, de un delineado exquisito, ornamental, los trazos parecieran más bien enredaderas que se vuelven poemas, o poemas que se vuelven enredaderas; una selva de enramados poéticos.

C: Gracias, querido, me da gusto que sea de tu agrado. Por favor, llámame Cayetana; omite el *señorita*. Sé que lo soy, pero puedes despojar esa formalidad. Empecemos con tu entrevista.

J: De acuerdo, así lo haré. ¿Cuál es el primer acercamiento de Cayetana con las letras?

C: Me gustaría decirte que fue por medio de mis padres, pero no fue así. Mi abuelo tenía una vasta colección literaria en su biblioteca, la cual leyó completa en su juventud, mas no en sus años decadentes; ya nunca leía porque optaba por alcoholizarse hasta perder la conciencia. Yo sí la aprovechaba, me refugiaba ahí. Pero la primera reminiscencia que viene a mi memoria es cuando vi en primer grado de primaria a la educadora escribir con gis en el pizarrón la fecha: «México, a 2 de agosto de 1907». Esa *é* acentuada ella siempre la escribía chueca a propósito, se apropiaba de ella y la estilizaba con la tiza.

Recuerdo el momento preciso en que chocaba el gis blanco sobre la superficie verde del gigantesco pizarrón, chocaban como dos planetas colapsando en el cosmos, y la tiza, producto del colapso, se evaporaba en el aire como polvo de estrellas; se desplazaba en el espacio, con cada letra, con cada acento, mientras ella escribía y escribía. El tiempo se petrificaba y sólo aquellos universos microscópicos de tiza permanecían en movimiento. Yo pensaba que dentro de cada una de esas infinitesimales porciones de tiza existía un universo desconocido; discurrían los minutos mientras imaginaba que cada partícula de polvo era un mundo, con sus propias geografías, con sus piedras preciosas y minerales distintos a los de la Tierra; sus edificaciones, sus habitantes y, por supuesto, sus textiles y vestidos también desconocidos. De cierta forma, cada grano de tiza era un mundo muy distinto al de al lado. Por cada trazo, más de mil partículas de polvo, casi imperceptible, se desprendían del minúsculo gis y así hasta agotarse entre las yemas de los dedos de la maestra.

Me parecía inaudito cómo las palabras escritas podían materializarse en el habla, las letras formaban conjunciones en el exterior, modificaban la realidad. Me impresionaba cómo un cúmulo de letras juntas ofrecían una descripción del mundo, cómo las palabras que contenían los libros en la biblioteca de mi abuelo ya estaban en el diccionario. Así fue como yo conocí las letras.

Empecé a escribir cuando cursaba la primaria; como te decía, era lo más cercano a un diario. Mi espíritu requería encontrar sosiego y, de alguna manera, impulsivamente, como si un rayo me cayera del cielo, comencé a escribir sin parar. Escribía quizá mis pensamientos, mis congojas, mis angustias.

A la larga, en la secundaria comencé a convertir mis pensamientos en versos. Hasta los quince años, tal vez, fue que empecé a experimentar escribiendo mis propios versos basados en la incomprensión de mí misma. Pocos años después, me fui adentrando en otros géneros, comenzando por el cuento, al que hoy en día recurro bastante, junto con la poesía y el columnismo. Son los géneros que más escribo.

Mi primer cuento, o uno de los primeros, lo escribí en la adolescencia desde la voz de mi recién difunta tía Ofelia: una mujer se despedía, a través de una carta, de su hermana entristecida, decaída. Le decía adiós por escrito porque no pudo verla por última vez antes de partir. Así que este cuento se lo di a leer a mi abuela Ewa, quien era en realidad la hermana entristecida que no pudo ver a mi tía porque se encontraba hospitalizada por alguna caída que sufrió. Le di mi cuento, o carta, tan pronto como lo consideré oportuno, cuando salió del decaimiento ocasionado por la caída y la subsecuente hospitalización. Así fue como Ewita supo del fallecimiento de su hermana Ofelia. Lloró una tormenta de recuerdos y dolor.

J: Interesante acercamiento a la literatura. Y muy unido a una especie de introspección... Mencionó que en los inicios de su escritura había una incomprensión de sí misma, ¿qué incomprensión era ésa?

C: Te voy a responder con un poema intitulado *Pecaminoso inframundo*:

> El ovalado espejo
> me reprende fulminante
> señalando
> mi fronterizo
> y perpetuo cuerpo de hombre.
> Desde el día en que nací,

desde antes,
ya estaba condenada a ser hija del pecado,
por el pecado alimentada.

Lloré largos días traducidos en años;
vueltas trizas,
martillando el suelo,
estas lágrimas
de fuego,
mis lágrimas de cuarzo, abrieron en el piso
dos puertas con peldaños
hacia el oscuro y desconocido inframundo.

Descendí
temerosa de atravesar,
temerosa del duelo y del migrante viaje sin
        retorno,
sin saber que adentro encontraría
un galáctico anfiteatro
en el que desnuda ahora bailo
entre fulgores de rayos lunares, entre pléyades
        estelares
cincelando los contornos
de mi selvático y fértil cuerpo,
acariciando con tenues luces
mi femenina silueta de alamares.

Mi vida como mujer, como pájaro migrante, como
ente volátil, errante y amorfo, comienza desde mi primer
recuerdo de infancia, con unas botas negras de mi madre,
de las cuales fui abruptamente desprendida para que mis
pies fueran revestidos con los zapatos de mi padre, que me

acompañarían por el resto de mis primeros años; asidos a mí como parte de mi piel a la que le agarré un indecible repudio por atraer como imán las desgracias de mi porvenir.

Cada acción estaba determinada por mi cuerpo y no por mi pensamiento, como si no fuera una persona racional, como si actuara ciega y estúpidamente con base en lo que tuviera o dejara de tener en la entrepierna. Me encontraba encarcelada, encadenada a mi viril destino. No sabía ni caminar siquiera, pero tenía la plena convicción de que, cuando caminara, caminaría sobre los tacones Luis XV de mi madre. Escucha con atención el soneto que estoy por recitar, se titula *Aquel día mi sueño habrá encarnado*:

Mi acelerado corazón palpita
al pensar en aquel día eterno
en que abandone mi alma sus infiernos;
celda martirizante, muerte en vida.

—sostenidos mis pies por zapatillas
de cristal, ataviado mi cuerpo
por un vestido ampón color del cielo
y corona de puntas infinitas

con diamantes, zafiros y esmeraldas—.
A la sombra de mi dulce pasado,
a la luz de mis piedras biseladas,

aquel día mi sueño habrá encarnado,
en collar de memorias consteladas
suspendido en mi cuello liberado.

Pásame la cigarrera, querido, por favor.

La señorita Cayetana abre su cigarrera de plata con arabescos grabados y extrae un alargado cigarrillo blanco que, tras ser encendido, coloca con cuidado en su boquilla de carey, dejando caer su mano como hoja de otoño sobre sus piernas cruzadas, envueltas por medias de seda, indudables medias de mujer de mundo: transparencias de un rojo muy oscuro, casi violeta, como sus labios, abastecidos de oscuridad, que dejan asomar un humo ondulante elevándose en espiral, hasta desaparecer por los altos de la sala.

Materia delirante

Ay, mi esencia tan colmada,
desde que era yo un infante,
de materia delirante;
tan contrita y desolada,
mi esencia acongojada
revistiose de negrura,
alejando a la amargura
de su templo ensombrecido,
que alberga al fruto prohibido
y el jugo de su locura.

II

Patas de avestruz bailarina

El perrito de Adolfa —me contaba y me enseñaba en fotos— se llamaba Bombón, un precioso y sonriente perrito blanco, *pero al final de sus días se quedó ciego y sordo, chocaba con las paredes, ya no me escuchaba cuando le decía cuánto lo quería. Al menos no me escuchó llorarle cuando en sus últimos minutos estuve con él, sentada en el suelo con él en mi regazo. La cara de mi Bomboncito ya no tenía forma, ya no le veía yo su cara porque su pelo estaba muy alborotado. Sentada, cuando aún respiraba, le espantaba yo las moscas, esas moscas panteoneras que de tan negras son verdes las malditas. Se las espantaba porque llegaban como zopilotes a merodearlo, olían la muerte. Él sabía que estaba yo ahí, con él. Lo acariciaba y lo acariciaba, consolándolo, le decía que todo iba a estar bien, que se fuera tranquilo. Y yo llore y llore. Poco a poco fue cerrando sus ojitos, hasta que dio su último respiro. Yo ahí estuve para él, como él siempre estuvo para mí. Se fue tranquilo.*

A Rutilio, mi perrito chihuahueño, pensé antes en bautizarlo como Buganvilio, un nombre que me parecía adorable dada su cualidad floral, sin embargo, obtuve una rotunda negación por parte de mi padre en llamarlo así, aunque a Adolfa le pareció encantador. Fue gracias a aquel nombre propio que me percaté de la infinidad del lenguaje: podía encarnar la feminidad en el cuerpo masculino de Rutilio, ahora Rutilio Buganvilio para mí, con tan sólo enunciarlo. Pero también aprendí que en el lenguaje hay secretos, secretos que no deben ver la luz. Lo llamaría Rutilio públicamente; Rutilio Buganvilio, cuando estuviéramos solos él y yo.

Rutilio estaba matizado con el color y el brillo de la miel, poseía un inquietante rostro oscuro; de más joven se asemejaba a un elegante zorro por el pelaje ennegrecido alrededor de su boca, cualidad que le otorgaba un aire misterioso. Yo lo consentía en todo momento; Adolfa le daba pedazos de pan a escondidas de mis padres, decía que sólo así la querría, y tal vez sí, porque yo veía cómo le meneaba la colita de gusto cuando la veía llegar del mercado con las bolsas de bolillo, su pan favorito.

Adolfa, al llegar de las compras, comenzaba sus hechizos culinarios, cocinaba verdaderos manjares en los apaxtles, unas cazuelas de barro que se trajo de su tierra. También tenía unas de barro verde y otras muy bonitas de talavera, ésas las compraba mi abuela en sus visitas a Tlaxcala, algunas tenían pájaros volando, otras más, alucinantes flores coloridas en su plena ebullición. Allí Adolfa hacía los guisados y el mejor café de olla. Entre más piloncillo y más café, más sabroso sabía, pero me lo daba a escondidas porque el café no es para niños. El chocolate espeso que hacía en las ollas también me parecía de lo más exquisito.

Un día, cuando acompañé a Adolfa al mercado de la Merced, vi una escena terrible al bajar del tranvía (¡por quince centavos nos dan dos boletos con los que viajamos a rumbos remotos!). Fuimos a comprar pescado, hierbas y especias. Al terminar, nos disponíamos a cruzar la acera y en ese momento atravesó la calle una familia de perros: la madre era como una coyota, se parecía a Rutilio por su pelo rubio, aunque el de él era un tanto más claro, como oro; la coyota cruzó sin fijarse, cuando de pronto se escucharon los frenos del tranvía: un tremendo y estruendoso chirrido que no olvido. Después de que el tranvía no logró detenerse, los perritos estaban junto a su madre que había sido recién apachurrada.

La gente se acercó a ver el siniestro, Adolfa y yo también. Me hice espacio entre las largas faldas y las enaguas que impedían mi visión del sangriento hecho fatídico. Vi los últimos respiros de la coyota, me pareció haber observado a su ángel salirle por la boca, elevándose hacia el cielo, como Adolfa me había contado que vuelan nuestros ángeles de la guarda cuando ya no necesitan protegernos, y vi al ángel de la coyota esfumarse mientras se alejaba como los globos que mando en vísperas del Día de Reyes con mis deseos inscritos flotando en la ingravidez redonda del globo. Su boca estaba abierta, con la larga lengua acariciando el suelo repleto de un charco de sangre reverberante. Tenía la boca floreada, como decía Felisindo. Por un momento pensé que de esa sangre burdeos, infinitamente oscura, brotarían prímulas, tulipanes y rosas negras; los ojos, también abiertos, se veían blancos, no sé si era porque su ángel ya se había ido y ya no necesitaba guiar el camino de la coyota por las calles buscando comida para ella y sus hijitos, o porque a lo mejor ya se había quedado ciega y por eso se cruzó sin conocer el paradero de su letal destino. ¿O habrá sido un suicidio famélico? Posiblemente la pobre y desnutrida madre había decidido que era mejor poner fin a su hambre y la de sus hijos. Los cachorros, hasta eso, estaban regordetes, por lo que deduzco que la coyota optaba por darle de comer a sus niños, aunque ella no comiera nada. *Que Dios la tenga en su santa gloria*, oré por ella.

Me conmovió tanto ver a semejantes criaturas huérfanas que pensé en quedarme con ellos. Adolfa sólo me dejó recoger a uno porque sabía que estaba prohibido llevar a casa animales que no permitieran mis padres. Ella fue llorando todo el camino en el tranvía de regreso a casa, estaba conmocionada ante tal atrocidad provocada a causa del cuerpo industrial que secuestró la vida de aquella pobre madre. Yo también la acompañé en el llanto, en su dolor.

De los seis o siete cachorros, decidí agarrar a una hembrita muy femenina, muy coqueta. Era una especie de *pug*, un tanto diluida por su madre coyota que probablemente se había separado del padre *pug* a causa de algún engaño con otra perra, como le pasó a Felisindo, yo qué sé... El padre jamás se apareció. Pero la razón primordial por la que quedé hechizado por esa perra fue porque era una mujercita, me causaba un abismo de curiosidad saber cómo era su cuerpo, cómo se comportaba, sus modos. Nunca había tenido perrita alguna.

Con el tiempo le fui agarrando más cariño aún porque era una mescolanza infinita de animales que yo veía en ella: su cara como de changuita; su feminidad insaciable; sus movimientos de jaguar, muy felinos, como los que observaba con tanta atención en el zoológico del Bosque de Chapultepec; su largo y delgado cuello lo movía como las jirafas, a veces también sentía que le gustaba imitar a las lechuzas por sus contorsionantes movimientos de cuello. Estaba un tanto ventruda, parecida a los hipopótamos. Panzona. Sus largas patas me recordaban inexorablemente a las piernas de una bailarina, me la imaginaba en *retiré* con su leotardo, sus mallas blancas y su tutú con sobrepuestas capas de tul rosado y blanquecino, aunque al mismo tiempo parecían piernas de avestruz; era como una de esas criaturas mitológicas, una esfinge, de las que encontraba en los libros de mi abuelo. Era mi propia fábula encarnada, por eso quería tanto a mi perrita, a quien de ahora en adelante llamaría Ágata, como las piedras volcánicas que no se sabe si son minerales o piedras, y no importa, porque lo que es definitivo en las ágatas es su preciosidad. Ágata, además, era muy comprensiva, muy seriecita y coqueta, mucho; tenía unas poses como de actriz de teatro, como de Adela Sequeyro. El pelo en el pecho de Ágata se acomodaba de tal manera que parecía tener una blanca estola, como la emplumada que tenía Mimí Derba, a quien yo tanto admiro.

Mis padres no querían adoptarla, pero insistí tanto en tenerla para que le hiciera compañía a Rutilio que decidieron claudicar ante mis caprichos. Ágata era indómita, desobediente, seguramente por la sangre de coyota silvestre que corría por sus venas, pasando por encima de la sangre noble del padre. Tenía la magia del mestizaje encarnada en ella: era una casa de ágata caminando en sus cuatro patas de avestruz bailarina combinada con sus feroces ladridos de guajolota, porque además ladraba como los guajolotes.

Los paseábamos por el Bosque de Chapultepec en las carriolas en las que antes me paseaban a mí. Cuando los bajábamos iban muy bien ataviados, con divinos vestuarios a su medida. Yo disfrutaba cambiar los vestidos de Ágata para ponérselos a Rutilio y viceversa, a ellos parecía gustarles porque andaban muy contentos corriendo: Rutilio con su larga crinolina de tul, Ágata con sus pantalones ajustados. Adornaba sus peludos cuellos con collares de perlas, que realmente eran pulseras que tomaba prestadas del alhajero de mi madre. Se veían más que divinos.

En las bolsas de mis pantalones, traía ciertos aditamentos escondidos para hermosear más a mis amados perros. En cuanto todos se distraían, sobornaba a Ágata con una galleta de chocolate, se acercaba voraz a mí y mientras sus ojos desorbitados saboreaban la delicia de la galleta, aprovechaba para sacar los aditamentos secretos de mi pantalón: aplicaba el colorete escarlata en las blancas mejillas de Ágata. De verdad que parecía una sofisticada muñeca de celuloide. Y luego de ella seguía el turno de Rutilio..., un precioso soldadito chapeado. Ambos tenían don de gentes, más ella, no importaba la ropa que usaran. A Rutilio le molestaban las caricias de desconocidos, así que, a la menor amenaza, lanzaba su feroz y puntiaguda dentadura.

Salía en el triciclo a pedalear por mi jardín, me gustaba explorar las flores. Un día hasta me pinché el dedo con la espina de un rosal; al ver una diminuta gota de sangre me acordé de la coyota aplastada, pensé que mi mano se inflamaría como cuando el abejorro me hirió con su aguijón infernal. Afortunadamente no pasó nada.

En mis andanzas por el jardín, a los pocos meses de que Ágata llegó a casa, me percaté de que ella traía babeando a Rutilio. Digo que lo traía babeando porque Rutilio andaba todo el tiempo tras de ella y su pajarito se le estaba derritiendo, tal vez tenía mucho calor de tanto corretearla porque de verdad era un cántaro andante lentamente dinamitado. Tal vez esas gotas del deseo que dejaba regadas a su paso, como rastro en el suelo de pórfido, eran las gotas de la anhelante copulación, de su embelesamiento jaculatorio frente a la misteriosa y silvestre feminidad de Ágata, que volátil se esfumaba mediante sus largas zancadas de avestruz, de bailarina en pleno *grand battement* huyendo de las seminales intenciones de Rutilio.

Él estaba encaneciendo, la negritud antes abastecida en el misterio de su boca desaparecía debido a los internos disturbios amorosos que le provocaba Ágata. Un buen día decidí teñirlo con plumón negro para devolverle su lozanía, y, aunque receloso, terminó accediendo. El resultado fue favorecedor, Rutilio Buganvilio parecía regocijarse en su gloriosa juventud, se notaba en su andar sereno, ufanándose a cada paso con dejos de altivez.

Rutilio volvía a la incesante y rutinaria búsqueda de Ágata. Me detenía observando cómo esas líquidas sombras escupidas por su pajarito se iban absorbiendo en las rocas de cuarzo pálido. Por un momento dudé de la fertilidad del suelo, el suelo quedaría embarazado y de ahí, como naranjos, saldrían los bebés de Rutilio.

Vellos con olor a tiempo

La construcción de mi casa era porfiriana, muy ecléctica; parecía que la historia de mi linaje quedaba registrada en ese mapa llamado hogar, con sus dos escaleras en la entrada rodeadas por unas finas balaustradas de bronce turquesa, el corredor cubierto con marquesinas de vidrio de apariencia gótica, paredes de cantera y piedras volcánicas. Durante largas horas permanecía embebido en la perfección simétrica de los pisos, hipnotizado por los largos pasillos de mosaicos. Las esquinas de la casa eran de piedras yogueche amarillas, el piso de pórfido rojo bermellón casi escarlata que sólo hay en Italia y Querétaro. El techo estaba coronado por antefijos de soles con la boca abierta que sacaban agua y caía a los guijarros científicamente colocados en el suelo alrededor de todo el lugar. El piso del patio central estaba decorado con azulejos esmaltados y rocas ígneas entramadas a manera de imágenes de ebullición, había una fuente de lumbre que al mismo tiempo parecía transformarse en escenas de batallas gemológicas y climáticas. Veía a las piedras moverse como tempestades sumergidas mientras las paredes se agigantaban como un cielo glacial a mis espaldas; el techo del recibidor permanecía sostenido por dos pilares de piedras lajas de un rojo sol, coronados por losas circulares y acantos perfectamente esculpidos, porque los acantos son símbolo de eternidad desde la Antigua Grecia, me había contado mi padre; los helechos de las macetas de cantera furiosos se movían, como cabellos rebeldes y espectadores de la petrificada batalla en movimiento.

El tiempo iba deshojando a mi casa de sus fulgores primigenios e irradiantes. Hacía varios años que Felisindo había reemplazado las labores del ingeniero Daniel Garza, el joven arquitecto del que tanto resentía su ausencia, quedando sólo en mi memoria. Su cuerpo era tanto esbelto como fuerte, y al mismo tiempo, tierno. Él era para mí la fiel representación del Príncipe de Guermantes de Proust, a quien estaba leyendo.

El ingeniero Daniel Garza era amigo de mi padre, extrañaba sobremanera sus visitas, pues cada vez que me cargaba de las axilas, elevándome por los aires para saludarme, alcanzaba a vislumbrar que entre el cuello de su camisa y su manzana de Adán emanaban minúsculos vellos como los que había observado previamente coronando el sexo de la figura humana en el libro de *Fanny Hill*, pero los suyos estaban atrapados en el interior de su impecable camisa. Aquella imagen cuando me elevaba entre sus brazos me provocaba muchos cuestionamientos. Sentía la imperante necesidad de desabotonar su camisa por completo y ver esas reminiscencias de pelo que asomaban por el cuello, tenía un incesante e incontenible impulso por despojarlo de todas sus prendas, de observar su pecho, sus brazos, sus axilas, su sexo, su ser entero. El cuerpo del ingeniero Daniel Garza estaría lleno de pelo y me empaparía todo de esos borbollones de pelos negros que clamaban por salir. Con su pelaje enredaría todo mi cuerpo y yo acabaría solazado entre sus pelos. ¿Emitirán acaso algún olor? Posiblemente olerían a oro, como su más reciente construcción: el Palacio Postal, del que hablaba tan entusiasmado con mi padre, ya fuera sobre cómo apoyó a los arquitectos Adamo Boari y Gonzalo Garita; o del reloj de manufactura alemana que se encuentra en la fachada en *pan-coupé* en el nivel más alto. O tal vez, sus vellos huelan a tiempo, pensaba durante el devaneo entre mis ojos y sus vellos, a los que veía moverse al ritmo de su prominente y danzante manzana de Adán, la cual quería lamer, saborear para verificar si era tan dulce como la manzana verde que Adolfa me partía en pedacitos. Yo seguía flotando entre sus brazos con mi abominable atracción hacia él y hacia sus embriagantes pelos negros.

Angelical lencería

Mi padre optó por inscribirme en escuelas públicas para que me familiarizara con la cultura mexicana, pues consideraba que las escuelas europeas en México se encontraban muy precarizadas, muy inestables por la situación del país. Así que no fui al *kindergarten*, sino a la escuela de parvulitos. Ahí comenzó mi socialización y al mismo tiempo mi seriedad. Tenía un miedo aberrante a los alumnos de ahí, sentía que podrían descubrir mis secretos y hacerme daño, como mi abuelo...

En aquel santuario de niños me enamoré por primera vez. Su nombre era Diego, un niño de cabellos castaños y ojos verdes. No recuerdo de qué hablábamos, o si hablábamos siquiera. Sólo sé que me gustaba juntarme con él por sus ojos que albergaban aguas claras en su interior. Su piel era diáfanamente blanca y su compañía me significaba una vital completud en aquellas aulas azules en las que la actividad primordial era dibujar con crayolas en hojas de un papel angustiantemente pálido que me deleitaba oliendo; ahí yo dibujaba mi cuerpo, compuesto de un círculo gigantesco que tenía por cabeza, del que sobresalían mis largas pestañas y mis labios delineados con un grosor inaudito.

De mi delgado y lineal torso dos varas largas se desprendían: mis brazos, cada uno con un círculo: mis manos, y una infinidad de minúsculas líneas que eran mis dedos. Tal vez si tuviera esa cantidad de dedos podría llegar a realizar múltiples tareas a la vez.

Asistíamos con frecuencia a la habitación del piano, en la que el profesor de música seducía mis oídos por largas horas, me elevaba en una diurna ensoñación hasta zonas sensoriales recónditas.

También había un zoológico en ese kínder, habitado por patos blanquecinos enjaulados cantando mientras caminaban a paso chueco. Recuerdo haber visto un tigre rugiendo en una jaula, quedé tan impresionado de aquel mamífero de piel pintada que al día siguiente regresé para seguir admirándolo, pero en lugar de ver a la fiera sólo encontré una jaula abandonada y desgastada, como si hubiera estado desocupada por muchos años; hasta la fecha no comprendo si el felino escapó o si se volvió transparente cuando escuchó que me acercaba.

En un festival navideño antes de salir de vacaciones, ensayamos todos los niños un hermoso bailable dedicado a nuestros padres, para lo cual nos vestimos de pequeños duendes y de querubines. Me había tocado ser duende, pero me resultaba infinitamente más interesante ser un querubín alado porque están chapados de las mejillas y su pureza es más encantadora que la de un duende, además no se sabe si son niños o niñas, lo cual los vuelve más místicos aún.

El día de la presentación las maestras pintaban los bigotes de los duendes con dos líneas; una de ellas dejó el delineador sobre la mesa, el cual tomé para trazar una delgada línea por detrás de mis piernas para simular la

costura de unas medias, como las de mi madre, pues al fin los querubines no son hombres ni mujeres, son lo que les place ser. Cuando estábamos formados, listos para salir al escenario, una de las maestras se percató de mi angelical lencería, me reprendió severamente con su mirada reprobatoria, como si hubiera cometido una traición a la patria. Se dirigía hacia mí con un semblante diabólico, pero ya era muy tarde para borrar las líneas de mis celestes piernas, por lo que salí al escenario flechándola con una sonrisa victoriosa.

Aún más que el arenero con paredes de cristal, donde me sentía en un reloj de arena, la sección que más disfrutaba del kínder era la casa de las muñecas: una construcción de madera de arquitectura oriental con cristales burdeos, amarillos y verdes; todas las ventanas opacas le daban una sensación sombría a aquella casa tan irreal habitada por una muñeca de celuloide arrinconada que, si no mal recuerdo, cuando la conocí me guiñó el ojo, le simpaticé tanto como ella a mí. La vi en una esquina con sus desbordantes olancitos en todo su vestido; sus pestañas eran largas y chinas como las mías. También había un radio siempre apagado. Me gustaba pensar que algún día viviría ahí con Diego y con nuestra muñeca de celuloide, que sería nuestra hija, tal vez el tigre podría ser nuestro gato.

Al salir del kínder no volví a saber de Diego.

Neblina cabellera

Mis hermanos compraban historietas de superhéroes que yo también leía. Entre ellos, un grupo de murciélagos humanoides conformados por dos varones y una dama, la que me cautivaba por su traje negro y su capa escrupulosamente más pequeña que la de los otros dos murciélagos, pero ceñida a su cuerpo con delicadeza, mucho más estilizada, así como sus botas del mismo material y con un alto tacón. Ella poseía una cabellera rubia que se movía con frenesí cuando soltaba patadas a los villanos. Mis peleas favoritas en las historietas eran interpretadas por ella y su enemiga, que en la historia había sufrido un accidente químico, volviéndose una mujer-planta de exorbitante seducción que lanzaba a los hombres feromonas en forma de polvo rosa que soplaba de su mano extendida para enamorarlos y después besarlos con sus labios envenenados de letal lascivia. Era algo así como el polvo de bien querer, ese polvo de amor usado por las brujas de la Nueva España para seducir hombres; sólo que ellas preparaban sus polvos a base de chupamirtos, yo creo para que los hombres flotaran de enamoramiento como los colibríes.

Esa villana me cautivaba por completo, deseaba también ser como ella en los juegos con mis hermanos, sin atreverme a proponerlo por temor al escarnio; me imaginaba utilizando sus botas de piel por encima de la rodilla, con su apariencia letalmente venenosa y con su larga cabellera roja coronada por dos infernales cuernos hechos de cabellos; soñaba con esa cabellera y con sus cejas formadas de ponzoñosas foliaciones, a veces doradas, a veces verdes o rojas; eran como cejas aladas e infernales. Caminaría por las calles seduciendo hombres con mis esparcidas feromonas como flor en celo, como girasol abierto.

Había otra historieta frecuentada por mis hermanos, posiblemente ahí estaba mi heroína favorita: Neblina, una mujer de raza negra, de cabello y traje blancos, como las nubes, pero con reflejos negros; seguramente su entallado traje era de una piel blanca y lustrosa, su capa se asemejaba a dos inmensas cortinas o a dos largas alas, como de ángel o de mariposa, que aumentaban su volumen cuando volaba alto; ella tenía el poder de controlar los estados del tiempo, podía volver un día soleado en un maremoto de lluvias. Atacaba primordialmente con rayos que emanaban de sus manos o con vorágines de viento, sus ojos se tornaban blancos, como poseídos, y volaba por los cielos para matar a sus enemigos con imparables descargas. Ella también portaba unas botas hasta los muslos, como las de mi madre, aquellas que me probé; pero las de Neblina eran blancas y de un tacón harto ancho.

Ya en la primaria, yo me distraía en clase al voltear a los ventanales para imaginarme volando con mi capa estilizada y expandida como mis cabellos blancos y lustrosos; mi larga e interminable cabellera blanca. A veces me regañaban por no poner atención en clase, pero era tanta mi fascinación por Neblina que anhelaba ser ella a todo momento; nada me importaba más que volar y lanzar rayos de mis manos mientras mis ojos se tornaban blancos, como le habría sucedido a Santa Teresa de Jesús mientras transitaba por su mística experiencia en su intimidad con Dios, en su transverberación; tal vez el mismo color tomaron los ojos de la esposa de Felisindo en su encuentro sacerdotal, y ahora que lo pienso, también la madre de Ágata al fallecer pudo haber tenido su contacto íntimo con Dios, su unión mística... Posiblemente Neblina era un querubín, un ángel que atravesaba la misma experiencia mística que Santa Teresa.

Jugaba principalmente con Narciso, Leopoldo ya estaba más interesado en las mujeres que en nuestras aventuras. Antes de iniciar nuestros juegos sin muñecos, yo especificaba los detalles de mi atuendo; encendía la lámpara más cercana y, utilizando la sombra de mi zapato reflejada en la pared, me alejaba de la luz para que la suela de mi zapato se engrandeciera; le explicaba a mi hermano el alto del tacón, *así como se ve en la sombra va a ser el tamaño del tacón de mi bota*, también marcaba el tamaño de la caña en mi pierna, que por lo regular llegaba hasta lo más alto del muslo; le aclaraba el material de mi traje, cómo sería mi capa: larga, corta, mediana; enfatizaba el decorado de mi cabello, si con cuernos o sin cuernos, la tonalidad, el largo, el corte y si tendría algún accesorio que lo adornara; si usaría guantes, de qué color y de qué material, su longitud, que a veces llegaba a la muñeca, pero a veces cubría casi la totalidad de mis brazos; si tendría alguna gema colgando de mi cuello, como las alucinantes joyas rojas de la villana de las historietas. Todo lo mencionaba con milimétrico detalle. Una vez revestido mi personaje, comenzaba el juego entre él y yo.

De bebé me deleitaba oliendo mi babero de algodón blanco. Cerraba los ojos e inhalaba con todas mis fuerzas. A veces me dormía con el babero al lado mío. Cuando jugaba, colocaba sobre mi cabeza ese babero que se volvió un recuerdo de mis primeros años: era mi cabellera de Neblina que agitaba arrebatadamente al pelear contra los enemigos imaginarios, luego me recostaba de cabeza en algún sillón y sentía cómo caía, como cascada, mi larga cabellera blanca por el peso de la gravedad mientras lo agitaba.

Un día, después de jugar, mis hermanos y yo nos sentamos a tomar limonada en el jardín, nos preguntamos qué queríamos ser de grandes. Leopoldo contestó que quería ser bombero o maestro; Narciso, policía o psicoanalista. Cuando llegó mi turno, yo respondí que de grande quería ser mujer. Sus rostros cambiaron repentinamente.

Me daba vergüenza proponer a mis personajes femeninos en el juego, nunca revelé su sexo, mis femeninas intenciones, sólo describía el atavío que llevarían puesto. Por lo regular, a Narciso no le importaba mucho qué personaje escogiera, siempre y cuando jugara. Hasta eso él era paciente para escuchar con atención mi atavío de superheroína, no sé qué habrá pasado por su mente mientras yo le explicaba todos los detalles del vestuario, tal vez se imaginaba a un hombre muy adornado, no sé, nunca me preguntó nada al respecto, escuchaba mis interminables descripciones y después sólo jugábamos.

Él sólo proponía su arsenal de armas repleto de cuchillos, navajas y pistolas, mientras el mío estaba compuesto por lianas y enredaderas o por rayos celestiales y ráfagas de viento, hasta que un día se me ocurrió decirle a Narciso que yo era *Neblino*, se lo dije en presencia de mi padre y éste me reprendió severamente, me gritó que *¡Neblino no existe!, puedes elegir a alguno de los otros luchadores, menos ése, ése no existe, solamente existe Neblina y tú no puedes ser ella porque Neblina es mujer, ella es una luchadora y tú no. Tú eres hombre. ¡Elige a otro!* Lo que provocó en mis posteriores juegos una bruma, un verdadero tormento de suplicios.

Ocultamiento

Las minúsculas dimensiones de mi cuerpo favorecían mis escondites. Por alguna razón desconocida, sentía una satisfacción insuperable por permanecer oculto debajo del árbol navideño, detrás de los sillones, bajo la cama o la mesa del comedor en la que vi por vez primera la mano de mi tío sobando la entrepierna de mi tía. Posiblemente ella habrá sufrido algún tropiezo o tal vez le dolía por estar tanto tiempo sentada en la bicicleta, así me pasaba a mí también, sobre todo cuando andaba por terrenos no pavimentados; seguramente era eso, porque mi tío verdaderamente le sobaba con fuerza, ya sabía dónde le dolía a mi tía porque ella sólo movía la punta de sus zapatillas hacia el centro, pobrecita. Salí de los manteles para preguntarle si quería mariguanol, un ungüento que Adolfa me untaba cuando me raspaba las rodillas o las manos. Mi tía, muy sonrojada, me dijo que *no, gracias, Leo.*

Hasta en el más inimaginable rincón de mi casa mi cuerpo de cascanueces se solazaba inamovible como un tibor más. Permanecía durante largas horas ahí, escuchando las conversaciones prohibidas en las que se me impedía participar, enterándome de cada mínimo detalle de los se-

cretos familiares. Ésa era mi mayor habilidad: la desaparición. Era como un fantasma, como una sombra brumosa. A veces me ocultaba en la sala, entre las interminables cascadas de terciopelo verde que envolvían mi cuerpecillo al caer magistralmente desde el techo hasta el suelo, y ahí escuchaba los chismes que salían a borbollones de las bocas de mis tías, de las amigas de mi mamá, de absolutamente todos. Soy amante de los chismes candentes, me intrigan sobremanera los secretos de las personas. Daría todo por escuchar a diario los momentos más vergonzosos en el acontecer de cuanta gente conozco, sus secretos más íntimos y las verdades ocultas en el pasado de la familia.

Cuando me aburría de mi insondable ocultamiento, el momento más placentero llegaba: mi traslúcido y fantasmagórico cuerpo se esfumaba para aparecer de nuevo con mi corbata bien ajustada y mis pestañas que bien pudieran confundirse con plumas de avestruz, entonces salía sigilosa o repentinamente para asustarlos, para sorprenderlos con mi inesperada presencia. Me sentaba en el taburete al centro de la sala para observar atentamente las expresiones en los rostros que recibían mi presencia como un rayo cayendo sobre sus espasmódicos gestos.

En ese mismo taburete me deleitaba escuchando las partituras interpretadas por mi madre y compuestas por la toluqueña pianista y compositora Guadalupe Olmedo, quien en vida le enseñó a tocar.

Mi madre compró su piano a nuestros vecinos alemanes, dueños de la compañía Wagner y Levien de instrumentos musicales, quienes introdujeron el nostálgico y excelso organillero a México, la añoranza de Alemania vino a resonar en las calles de México. Los vecinos dueños de la empresa son Christian Friedrich August Wagner y Wilhem Levien. Sus prodigiosas casas, al igual que un gran número de casas en las colonias Juárez y Roma, y otras colonias contiguas, están dotadas de magníficas y portentosas estructuras arquitectónicas, muchas de ellas impensables para el clima de México, pues tienen techos triangulares, de pizarra o plomo, por si comienza a nevar aquí, aunque lo pienso un tanto improbable. Esos techos son como los que se construyen en Alemania, Austria, Francia y en aquellos países donde el arrobador invierno tiñe de blanco las casas, para que la nieve en las heladas temporadas no quede arriba acumulada, pero aquí en la ciudad yo jamás he visto nieve. Igualmente veo muchas chimeneas, aunque con el clima de México creo que sólo las usa Santa Claus.

Melodías

Guadalupe Olmedo, la elegante pianista, era una mujer muy distinguida; fue la primera compositora mexicana en el género clásico. *Sus creaciones musicales parecieran encapsular el siglo que ya se fue*, me decía mi madre. La compositora nació en una de las casonas más hermosas de Toluca; mi madre, tras forjar una estrecha amistad con ella, llegó a asistir a varios de sus conciertos privados. La pianista murió antes de que yo naciera, por eso nunca tuve la dicha de visitar su casa, pero yo le pedía a mi madre que me repitiera por las noches cómo era su feérico hogar. Yo cerraba los ojos y me trasladaba allí, a la casona de Guadalupe Olmedo.

Su casona es única, posee dos largas y curveadas escaleras que rodean la preciosa entrada de cantera. En las puntas de las columnas, por encima del techo de tejas verdes y rojas, dos gárgolas negras observan portentosas la fría ciudad. Yo volteo boquiabierto, ansío con todas mis fuerzas verlas volar por el firmamento. Sé que, en algún punto, transcurrido el día, cuando la noche en su máximo esplendor caiga sobre los techos rebosantes de complejos adornos pétreos y perfectamente pulidos de las casas de Toluca, aquellas gárgolas endemoniadas de un salto brincarán a la abismal oscuridad de la noche helada.

Al entrar a la casona de Guadalupe Olmedo, veo en el *hall* su hermoso piano de cola blanco. Después de ofrecer una deliciosa cena, nos sentamos todos los invitados, expectantes de los mágicos dedos de la Olmedo. En sus manos prodigiosas, cubiertas por guantes blancos, reverberan sus múltiples y dorados anillos alarmantes, con perlas o esmeraldas firmemente incrustadas, pareciera que el brillar de sus anillos danza con sus suaves melodías; toca de inicio a fin su obra maestra, el *Quartetto Studio Classico*, el primero de todos los cuartetos mexicanos.

Siempre me han gustado los relatos de mi madre, me hacen estar en donde no estuve.

Ella tenía muy presente entre su repertorio la música que le enseñó el Grupo de los Seis, conformado por los grandes músicos y lidereado por Felipe Villanueva y Ricardo Castro, a quienes conoció por Guadalupe Olmedo en aquellas reuniones en su casa.

En una ocasión, mi madre me contó que a aquella casona de gárgolas fue invitado a la reunión *un joven un tanto mal arreglado, muy sencillo, muy humilde, de cabello negro y sombrero de campesino, no muy alto, con una corbata de moño bien acomodada. Vivía en Tepito, aunque era originario de Guanajuato.*

El joven era ya muy conocido porque escribió un vals para La Señora, la esposa de don Porfirio Díaz, doña Carmen Romero Rubio. Me sentí entusiasmada, él siempre mostrándose cordial con todos. Fue con una orquesta de gente humilde, juntó a toda para aquella velada.

Llegó el momento de su interpretación; salimos al amplio jardín de Guadalupe Olmedo, la orquesta se colocó en posiciones es-

tratégicas. Con sus ojos cerrados, el joven José Juventino Policarpo Rosas Cadenas, a quien llamaban Juventino Rosas, comenzó a dirigir a la orquesta avasallante que frente a él se encontraba.

Hijo querido, te aseguro que jamás había escuchado tal magia en una orquesta. El joven Juventino, compositor de este vals que te cuento, el vals Sobre las olas, *aparentaba contar con menos de veinte años y a esa edad era capaz de deshilvanar la melodía más esperanzadora que algún día, seguramente, escucharás. Sabrás de lo que te hablo.*

El joven genio, desafortunadamente, falleció en la pobreza después de haberse trasladado a Cuba. Murió por una enfermedad a los 26 años.

Yo conocí el vals *Sobre las olas* en el fonógrafo de mi abuelita Ewa, allí lo escuchaba ella mientras cosía en su máquina Singer. Pedaleaba al ritmo de aquella orquesta prodigiosa. Cosía con una seriedad inaudita, completamente centrada en sus nobles géneros y en su posterior forma. La melodía de Juventino Rosas la acompañaba en su labor, quizá la única pieza musical que se le asemejaba, que pudiera llegar a ser comparable con la belleza melódica del vals *Sobre las olas*, es el vals *El Danubio azul*, que a mi amada abuela tanto deleitaba; de igual manera, aprendí a deleitarme yo con ambas piezas.

El Danubio azul, yo creo, le recordaba a su juventud, me percataba porque mientras pedaleaba y continuaba el cincelado de sus prendas con su máquina de coser, su cabecita blanca se movía al ritmo de los tonos más altos de *El Danubio azul*, seguido del vals *Sobre las olas*.

Coronas de mis ojos negros

Al igual que, a través de sus recuerdos, acompañaba a mi madre a los conciertos en la casona de la adinerada Guadalupe Olmedo, iba con ella a todos lados; sus amigas halagaban mi hermosura y mi impecable comportamiento.

—*Es muy bien portadito.*

—*Ay, pero qué niño tan bien educado.*

—*Es muy hermoso también.*

—*Mira sus pestañas, ¡pero qué largas son!*

—*Ay, yo quiero esas pestañas.*

—*Tan largas y tan oscuras, ay, qué hermoso niño...*

Por supuesto que yo me ufanaba de mis caprichosas pestañas, me acercaba a las amigas de mi madre, con la seriedad que me caracteriza, volteando la cabeza ligeramente al sol y con la mirada un poco hacia abajo para que pudieran apreciar la totalidad de mis larguísimas pestañas en pleno esplendor; ora volteaba hacia un lado, ora volteaba al otro, me detenía por un instante y repetía. Me sentía como la mismísima Esperanza Iris o como María Conesa, La Gatita Blanca, retratadas en la revista *Artes y Letras*.

Mis agobiantes pestañas, resplandecientes de negras, más oscuras que el rincón más remoto del universo, más

sedosas que el cabello de todas las amigas de mi madre y más aún que todas las cabelleras más negras y sedosas del mundo, son la causa de mi pundonor, son la razón de mi existir.

—*E insisto, muy bien portadito, siempre muy serio. Ay, qué guapo va a ser tu niño de joven…*

Un domingo por la tarde, a mis larguísimos tesoros, coronas de mis ojos negros, les ocurrió el mayor siniestro que puede ocurrirle a unas pestañas: la desgracia de ser chamuscadas por la lumbre. Mientras encendía el arcano y obsoleto calentador de mi casa, mis pestañas se calcinaron como se calcinó mi irreparable vanidad. Grité sin ataduras, como nunca.

Por un momento tuve la certeza de que me iba a morir, al sentir la incendiaria esencia del infierno sobre mi precioso rostro. Pensé que mi divino semblante, como cera, se había transformado en una temible abominación, que ahora el encanto de mi rostro no sería más que un pasado derretido, mi belleza sentenciada a la fealdad, la mayor condena de mi rostro angelical, pero, por encima de todo, la evanescencia de mis sublimes pestañas, su descomposición, me simbolizó una espina atravesando mi hermosura. Jamás volvería a ser tan alabado por las amigas de mi madre, me verían y verían a un monstruo.

Afortunadamente nada me sucedió durante aquel siniestro, mi ángel de la guarda me cubrió con la blancura de sus alas para que nada me pasara, me dijo Adolfa. Pero no cubrió mis pestañas, le reclamé… *Bueno, mi niño, pero tus pestañas siguen igual de fuertes, verás que te voy a traer un remedio para ellas, nunca falla, es un aceitito de ricino que te vas a poner todas las noches antes de dormir. También te lo puedes poner en tus cejas. Verás qué hermosas te vuelven a crecer. Hasta más largas las vas a tener. A lo mejor por eso tu ángel de la guarda dejó a la lumbre agarrártelas tantito, para que te crezcan más largas después.*

Adolfa me había salvado la existencia. Cuando me trajo el aceite corrí al primer espejo que encontré y seguí puntualmente sus indicaciones. En efecto, mis pestañas lucían radiantes, más brillosas que nunca, incluso más que los fervorosos diamantes engastados en los anillos de mi abuela Ewa.

Tiempo petrificado

Mi mayor adoración era ver a las mujeres hermosas y pintadas a mano en los retratos publicados en las revistas femeninas, como *Álbum de Damas*, que tanta congoja me causó cuando dejó de circular. Iba cada quince días al puesto de periódicos a preguntarle al señor si de casualidad seguía sin llegar mi anhelada revista, él me respondía invariablemente que no y que no. Siempre terminaba torciéndole la boca y maldiciéndolo por dentro mientras regresaba a mi casa con las manos en mis bolsillos, pateando cuanta piedra se cruzara en mi camino.

A escondidas, en casa, me observaba en el espejo de mi alcoba. Sin que nadie me viera, con toda la cautela del mundo, practicaba gestos como los que veía en las mujeres que aparecían retratadas o dibujadas en la publicidad, en las fotonovelas y en las revistas de mi madre y de mi abuela. También imitaba las dramáticas gesticulaciones de las actrices de teatro, a quienes veía en ardientes tragedias y comedias que grababa en mi memoria cuando acudía a las obras de teatro en compañía de mi madre y de mi hermano Narciso, ambos aficionados.

Practicaba frente al espejo: abría mis ojos y mis labios como devorándome al mundo, con mis dedos enteramente extendidos, aterrorizados, frente a mis labios, simulando un contacto con la nigromancia; o bien, abría mi boca e inclinaba mi cabeza hacia un lado, con un gesto de irremediable pena, y colocaba sobre mi frente la muñeca de mi mano doblada, con la palma y dedos alargados mirando al firmamento, en expresión de profundísimo dolor. También situaba las yemas de mis dedos acariciando mis labios, con mi cabeza reclinada a un lado y mi mirada insostenible volteando hacia donde está el infierno. Viendo la alfombra, en un instante, queda el tiempo petrificado, me veo en medio del escenario del Teatro Juárez, en algún drama en que mi amado muere y en compungida condena a la soledad, devastado quedo, hasta el contrito y agonizante delirio. Veo el reflector cayendo en triángulo de luz sobre mi pose magistral, con mi cuerpo abandonado a la ingravidez del escenario, adoptando la silueta de una enredadera en pena.

Al caer el telón de terciopelo rojo, la gente me aplaudiría con toneladas de pétalos de rosas y amarillos tulipanes, mujeres admiradoras, pero en especial hombres, muchos hombres, el recinto se inundaría con gritos de apuestos caballeros tratando siquiera de tocar la punta de mi cabellera con olor a bergamota o jazmines; toda esa alharaca y lluvia de flores, a causa de mi incomparable belleza y de mi excelso talento en la actuación en monólogos, una que otra comedia y muchos dramas.

De aquellas revistas que contribuían a mis conversaciones con el espejo, en particular gozaba sobremanera de ciertos dibujos extáticos de la *Revista Moderna* de México; cada vez que los veía, inconfundibles, adivinaba el nombre

del autor, ya reconocía aquellos trazos tenebrosos. Eran del artista Julio Ruelas, que creaba las más dramáticas cabelleras en las mujeres, dibujaba en sus ilustraciones el verdadero infierno, esqueletos que a veces me hacían cerrar los ojos y pasar de página, murciélagos horrorosos que me recordaban a las sombrillas de mi abuela Ewa; árboles arcanos, mujeres envenenadas o enloquecidas, o al menos así me las imaginaba yo por sus temibles y letales gestos; mujeres sentadas sobre la espalda de Sócrates; mujeres atravesadas por temibles uñas gigantescas.

Tras ver sus imágenes, no me quedaba más remedio que encender por las noches la luz de mi lámpara de aceite y posarme frente al misterioso azogue de mi habitación, dábame la impresión de que oscuros espíritus y tinieblas se apoderaban de mi alma cuando la luz yacía en el nacimiento de mi cuello, haciéndome ver en mi reflejo expresiones infernales.

Entrevista (segunda parte)

1 de febrero de 1926

J: ¿Cómo fue que se inició en la poesía y en la fotografía erótica?

C: A veces la poesía es la mejor respuesta, querido, ¿no lo crees? Escucha mi poema, *Labios*:

> En el alud de la blanda noche
> se acumulan los latidos
> en mis palpitantes labios
> de ausencia lubricados
> labios de ópalo reverberante
> labios de ígnea lava
> labios de matices nacarados
> labios de azahares
> y gardenias conjugados
> labios de alcatraz
> contumaces labios necios
> labios del olvido en la perpetuidad
> labios de astros perdidos
> labios de supernova
> son mis labios dos galaxias engarzadas
> labios de mística luna

de gigantescos abiertos tulipanes
de lágrimas son mis labios
son del viento embravecido
y de vesánicas mareas perdidas
mis labios de arena fina
lagunas de gélidas temperaturas
de barrocas tentaciones
labios de zafiros biselados
volcánicos severos labios
labios del secreto en ocasiones
bezos de astrolabios
el enigma de mis besos
el misterio de su encanto
radica en mis glaciares labios
en el alud de la blanda noche
se acumulan los latidos
en mis palpitantes labios
de arcanas historias ufanados.

Yo no me inicié, querido, fue el erotismo el que me inició en él. Desde niña tuve un cuerpo digno de admiración. Recuerdo que en mi primer año de secundaria mis compañeros se turbaban al ver mis caderas ensanchadas, considerablemente más curveadas que las de mis compañeras. Todos quedaban aturdidos con mi andar, con mi genuino y celestial movimiento de caderas hipnotizantes.

En mi intimidad permanecía consternada, porque al mismo tiempo que mis caderas tomaban formas circulares, mis piernas eran terriblemente invadidas por minúsculos vellos que desarmonizaban la preciosidad geométrica y perfecta de mi cuerpo, crecían a una velocidad inaudita; claro, después de nunca haber tenido un solo vello aquella invasión hirsuta era muy notoria, como si les urgiera salir a la superficie de mi platinada juventud. Caí irremediablemente en angustioso delirio. Esas vellosidades me atraían sobremanera en los hombres, pero no en mí; en mí resultaba repugnante, aunque a veces, al verme en el espejo, mi cuerpo tomaba las formas de un hombre al cual detestaba con todo mi ser, experimentaba una especie de rechazo, pero al mismo tiempo me sentía cautivada, atraída hacia ese hombre desnudo que veía en mi reflejo.

Mis compañeros de secundaria me susurraban al oído comentarios que me halagaban hasta sonrojarme, pero a la vez ennegrecían mis sueños de señorita, de fémina: *Si fueras mujer, te haría mía…* *Si fueras mujer, te haría el amor a diario…* *Si fueras mujer, te la metería hasta adentro…* *Si fueras mujer, abriría tus piernas y te metería la lengua…* Y yo, tímida, como fui desde siempre, no hablaba, no decía nada, sólo imaginaba cómo sería mi vida si hubiera nacido mujer ante los ojos de los demás, mujer por fuera, porque por dentro lo fui desde mi primer respiro, desde antes. Fantaseaba con la agudeza de los placeres, la vesania hedonista, el paroxismo que alcanzaría con todos esos hombres que me resultaban tan salvajemente atractivos, pero que sólo me decían lo que les gustaría decirle a otras mujeres, porque a pesar de suscitarles el deseo encarnado en mí, jamás se consumó siquiera un beso con ninguno; todo era palabrería morbosa que solamente conseguía hacer fantasear a la mujer que me ha habitado desde siempre.

Yo no hacía nada, simplemente caminaba, por ejemplo, al cuarto oscuro, porque asistía al taller de fotografía al que iban mis compañeros adolescentes, ya que las mujeres iban al taller de taquimecanografía. Y mira, curiosamente hoy hago ambas actividades.

En fin, ahí tuve mi primer contacto con la fotografía. Me parecía inverosímil ver la oscuridad y la luz creando retratos a blanco y negro que se convertían en el mundo pausado al ser plasmados sobre la hoja con haluros de plata. Hacíamos daguerrotipos fascinantes. La cámara detiene el tiempo cuando captura el espacio. La fotografía es eso: el espacio detenido en el tiempo a través de la escritura con luz.

Yo escribo con luz.

Ahí mismo también los muchachos se sacaban sus peludos y gigantescos miembros. En ese cuarto oscuro vi por vez primera las armas que tenían por genitales, inauditamente grandes, coronados por gruesas vellosidades negras de inimaginable volumen, que más bien parecían raíces núbiles que trepaban hasta llegar al vientre. Los jóvenes, excitados, se acercaban a mí, y yo, para no ser descubierta, tenía que resistirme, fingía no tener ansias por meterme todos sus miembros a la boca al mismo tiempo.

Tenía una agobiante necesidad por deleitarme con esos robles de piel al interior de mis fauces de leona en celo, lamerlos con mi lengua reptiliana hasta envolver su sexo entero, acariciar sus rasposas bolsas colgantes de piel forradas de vello joven, y con mis labios, oler el sudor desprendido de aquellas negras y arcanas malezas, para después verlos erupcionar de nívea y dulce materia, mientras sus fornidos abdómenes, contraídos de placer, a la par de sus eternos gemidos masculinos, reafirmarían mi indudable feminidad; mis feromonas flotarían como polvo de diamante rosa entre la abismal oscuridad de aquel cuarto fotográfico, con olor a sexo y a sales de plata. Como en mi poema *Diluvio de estrellas*:

Deja caer tu diluvio de estrellas,
de aguas dulces,
sobre mi piel
para hacer de mi cuerpo
un velo de constelaciones.
Acaricia mi acuosa cabellera,
más larga que el Danubio
y ciñe mi cuerpo al tuyo
para arrullarte entre mis senos
de mantos estelares
en tus oníricos desvelos.

Pero nunca pasó. Y creo que es esa mujer a la que ahora ves; esa mujer que, como ave fénix, contenida por casi un cuarto de siglo, por fin ha expandido sus alas cósmicas que desde hace varios años comenzó a mostrar reminiscencias de su posterior escape; reminiscencias materializadas a través de mis versos y fotografías, de los autorretratos que Lola Álvarez Bravo ha calificado de seductores por el buen manejo de luz que hago en mis prominentes curvas. Si quieres, las puedes incluir en tu libro.

En mis autorretratos soy yo, soy quien quiero ser. Tanto la escritura como la fotografía me permiten desnudarme. Gracias al autorretrato me permito conocer mi pasado. La nostalgia es el motor de mi obra; no sólo de mi obra, es el motor de mi vida toda. En el autorretrato plasmo mi belleza, mi más sublime y auténtica belleza. Ver mis fotografías reveladas a veces me resulta desgarrador, porque la imagen que observo en ellas sólo es asequible por medio de la imagen misma. Hoy soy distinta a la de ayer, cada día me renuevo, pero ya no seré la misma que pausé en el retrato anterior. Por eso disfruto el autorretrato, porque, más allá de la memoria, eternizo la imagen de mi pasado.

En toda mi obra no me interesa hablar de otra cosa que no esté ligada a mí. Yo soy mi propia musa. Me interesa explorarme, nadie me conoce mejor que yo. Gusto de ahondar en mis pensamientos, en mis cuestionamientos, en mi estética, en mi cuerpo, en mi belleza, en mi apariencia.

J: Esta declaración es muy interesante, Cayetana. Cuénteme, además del autorretrato, ¿qué más le gusta retratar?

C: Me fijo en el alma humana, en los sueños, en la arquitectura, en la irrealidad mecánica, al igual que en la vanidad; disfruto la abstracción en mis fotografías. Sobre todo, me gusta retratar la belleza. Para mí la belleza se encuentra a menudo en los excesos. Yo soy un espíritu barroco, detesto lo discreto, me exaspera la insignificancia de la simplicidad. No se me da la discreción, nunca se me ha dado. En el exceso, me doy cuenta, suelo encontrar la belleza y la más sublime plenitud, al igual que en la simetría. La simetría calma mis nervios y exalta el estado de mi alma.

Lo que nutre a mi fotografía son mis pasiones, mis divertimentos y mis ocios. La literatura, la escultura, la pintura, la música, el cine, la danza. De alguna manera, mi gusto por las bellas artes se conjuga en el momento preciso en el que busco la imagen que deseo capturar. Y lo mismo me sucede con la escritura. Al igual que en mis textos, en la fotografía plasmo lo que me conmueve. No me interesa si es del gusto de los demás. Me basta con que me guste a mí.

Además del autorretrato, gusto de fotografiar la belleza de objetos inanimados, inertes; objetos muertos a los que doto de vida y de sentido. Busco en mis imágenes símbolos, el pasado, la nostalgia, la muerte, la feminidad.

En el transcurrir de mi infancia, encontré un espacio en el que todas mis ilusiones se albergaban. En mi poema *Mis jardines sombríos*, ahondo al respecto:

Al caminar voy flotando
por mi mundo ensombrecido
de terrenos desteñidos.
La casa de mis encantos,
recinto donde me expando,
es imposible de ver,
sólo yo puedo acceder
a mis jardines sombríos,
laberintos del vacío,
fuente de todo mi ser.

Mi fragmentado cerebro
nació estando enajenado,
en jaula abierta encerrado;
la jaula hacia mis adentros,
bosque de mis pensamientos,
es mi preciado espacio
lleno de enramados lacios;
por las hiedras de mi mundo
cuando apetezco yo me hundo,
penetrando voy despacio.

Pienso, querido, que a través de la escritura y la fotografía puedo crear mi propio universo, un mundo que sólo yo entiendo.

Me abandonó la cordura

Me abandonó la cordura,
ya mi cerebro contrito
perdiose en el infinito,
en la oquedad de negrura;
me consumió la locura
y en precipicio caí,
mi cabeza flota ahí,
en abismo perfumado
de recuerdos diamantados,
del que yo ya no salí.

III

Muñeca de celuloide

Jugamos en nuestra infancia,
ella usaba sus muñecas,
yo jugaba con carritos.
Prefería yo su cesta
donde las guardaba siempre.
Tenía, pues, mucha pena,
pero me armé de valor.
Le pregunté *¿Me las prestas?*
—Sus muñecas señalé.
Yo, tan sólo por inercia
quería alisar vestidos,
predilectos los de seda
o de organdí o de lamé.
Y esa cajita que suena:
la bailarina y su tul.
Usaré en futuras fiestas
vestidos de alta costura
con plisado como el de ellas
y dorados alamares...
A Santa hice la promesa
de portarme bien, y así

recibir mi dicha entera:
la muñeca celuloide
con sus recogidas trenzas
y larguísimas pestañas.
Llegó pues la Noche Buena.
Bajo el árbol, los regalos.
En mi cara estaba impresa
una sonrisa. Alegría.
Mi madre estaba contenta
y por fin llegó mi turno.
Como tigre, la compresa
caja desgarré, buscando
con todas, todas mis fuerzas
mi premio, mi galardón...
LO-CO-MO-TO-RA-DE-GUE-RRA.
Ese regalo, seguro
para mis hermanos era.
—*Tengan, perdón por abrirlo*
—*¡Es tuya, hijo mío, vela!*
—*¿¡Qué hay de mi petición, madre!?*
—argumenté en mi defensa,
boquiabierto, estupefacto,
y mis ojos, dos inmensas
lagunas. *¡Tiene misiles!*
¡Dispara! ¡BAM! ¡Cambio y fuera!
—dijo orgulloso mi padre.
Cayó del árbol la estrella.
En ese instante, fijé
la mirada en una esfera
que rodaba por el piso,
en cuya circunferencia
se reflejó lo prohibido.

Mi sombra se hizo una puerta,
una oscura nublazón.
Inertes formas siniestras
me envolvieron con su voz,
se abrió el suelo, ramas negras
debajo de mí. *Muñeca,*
mueve tus largas pestañas
y muy lentamente empieza,
que pretendo en mi memoria
guardar tu imagen de sedas,
las que yo ya no usaré.
Una lágrima concreta,
larga, pesada, indeleble,
una lágrima de perla
fue cayendo por mi rostro.
Entra ahora en esa puerta,
sin modo alguno de abrir
después de que ésta se cierra,
no sin antes aclararte
nunca habrá alguien que te quiera
como yo te quiero a ti.
Si te pido esta miseria,
te juro que no es por mí.
Se desvaneció entre telas,
moviéndome sus pestañas
sobre azulados planetas
—ojos de infinitos mares
donde vi peces que vuelan—
se despedían de mí.
Se desvaneció funesta
para no volver jamás.
La voz de una niña suena

al interior de mis muros;
es ésta una voz risueña,
pero al salir de mi boca
se escucha un viril fonema,
silente. Emito un sonido
que en el tiempo se congela,
se miente... *¡Tiene misiles!*
¡Dispara! ¡BAM! ¡Cambio y fuera!
—dijo orgulloso mi padre.
Cayó del árbol la estrella.
En ese instante, fijé
la mirada en una esfera
que rodaba por el piso,
en cuya circunferencia
se reflejó lo prohibido.
BAM, BAM —dije— *cambio y fuera.*

Cuerpo diamantado

Pasada la Navidad, si bien *Sankt Nikolaus*, Santa Claus, decidió no regalarme a Neblina ni la casa de muñecas de porcelana con acabados ornamentalmente puntiagudos, similar a las catedrales de las que tanto me hablaba mi abuela recordando su natal Alemania, sí me regaló una bicicleta nueva, color hueso, con dos llantas gigantescas y dos pequeñas a los costados, de las que hice uso mientras adquirí la destreza suficiente para mantener el equilibrio, así como un manubrio en forma de corazón, o al menos así lo veía yo, rematado por una bella canasta metálica en donde acomodaría las flores recogidas en el campo para adornar los floreros de cristal cortado junto a las otras flores compradas por Adolfa en el mercado.

Semanas después, al tener cierto dominio en la bicicleta, decidimos un domingo por la tarde, aprovechando la visita de uno de mis primos, recorrer barrios cercanos. A mi hermano y a él les pareció fabulosa la idea de subir a una calle empinada como en ángulo obtuso de setenta grados. Yo temblaba de miedo de tan sólo imaginar la catástrofe que aquella endemoniada calle podría proferirme. Aquel precipicio me representaba el temor absoluto. Para demostrar mi forzada hombría, me vi en la necesidad de hacer, como mi primo y mi hermano, salvajes acrobacias que no dejaran ni la menor duda de mi valentía, de mi virilidad.

Realmente no hicieron acrobacias, simplemente se aventaron sobre ruedas a aquel precipicio de rostro turbulento y misterioso; primero mi hermano, quien culminó con un brinco satisfactorio al final de su demostración, luego mi primo, que triunfante trazó con su bicicleta una ligera curva al final de la odiosa rampa. Y luego yo... Sobre la cima de aquella tenebrosa montaña de asfalto, con sudor frío resbalando sobre mi frente, con el cuerpo estremecido y mis piernas aún más temblorosas, cerré los ojos y me encomendé a las manos de Dios.

Me invadió un valor tumultuoso, desconocido, cuando comencé a pedalear hacia mi perdición. Sentí que perdía el control sobre mi cuerpo, como si una fuerza ajena a mí decidiera el rumbo de mi destino. Flotaba en una atmósfera de velocidad nunca antes experimentada. Pronto perdí el dominio de mi vehículo, la velocidad me resultó incontrolable, como si la calle casi vertical me estuviera jugando una mala broma. En ese instante de fatídica clarividencia grité frenéticamente, imploré no morir en el accidente que estaba a segundos de distancia frente a mí: un viejo asilo abandonado con delgados vitrales expandidos a lo largo de sus paredes roídas de facciones lúgubres; aquellas dimensiones arquitectónicas en ese momento parecían formar rostros de una crueldad que no he de olvidar.

Colapsé dramáticamente en uno de sus delgadísimos cristales, por donde entró mi brazo derecho, intempestiva y fugazmente. Sólo recuerdo haber visto el mundo girar en círculos violentos, a la par que los sonidos secos tal vez de mi cráneo con el suelo, mientras rodaba sin fin por el asfalto tras mi macabro incidente.

Por algún milagro inefable, mi brazo terminó ileso. No sufrí fractura alguna, mi brazo salió tal y como entró, con todas sus articulaciones intactas. Eso sí, estrepitosamente ensangrentado.

Me desmayé al ver los borbollones de sangre que emanaban de mi brazo tiñendo el asfalto. Mi hermano y mi primo estaban exaltados al ver el dramatismo sanguinolento.

Pensé que moriría.

Mi llanto alarmó a los vecinos, a los perros, a las aves de árboles cercanos que huyeron despavoridas de sus nidos. Mis padres acudieron con urgencia a la zona del siniestro, donde yacía desvanecido, inconsciente del pasmo. Me llevaron a la clínica más cercana, en donde las enfermeras me reanimaron con alcohol y tranquilizaron mis alterados nervios. También extrajeron de mi brazo los res-

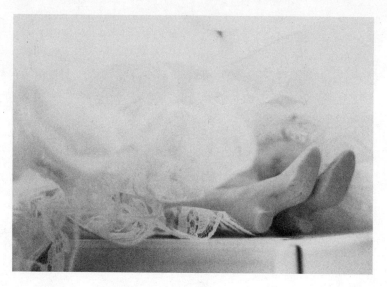

tos de cristal que había albergado mi cuerpo en la estampida contra aquellos sospechosos ventanales del asilo que no recuerdo haber vuelto a ver.

Días después, me percaté de que en mi codo yacía un brillante incrustado. Me aterrorizó verlo ahí, entre mi piel, fusionado con mi carne, pero tras verlo y tocarlo, comencé a sentir un extraño placer. Lo guardé en secreto por varios días; era como tener un diamante en mi cuerpo, el cual, al mínimo reflejo de luz solar, estallaba en esplendorosas llamaradas. ¿Sería posible que mis diminutas dimensiones se tornaran en un cuerpo diamantado?

Tan sólo me albergaba la nocturna idea de que mi cuerpo se volviera todo de diamante. Antes de dormir, veía entre los cortinajes de mi dosel a mi pequeño cuerpo solazándose en la mayor de las dichas, resplandeciendo alegre, colmado de sus más costosos fulgores.

Piernas de suripanta

Terminé por quitarme con unas pinzas el diamante incrustado en mi codo, pero conservo una cicatriz, que me recuerda mi valentía.

Tras muchos desvelos y con esfuerzos sobrenaturales, conseguí que me compraran a Neblina cuando salió a la venta la colección completa de aquel equipo heroico. No fue cosa fácil, pero mi madre convenció a mi padre de que tan sólo quería tener a Neblina para completar mi colección de juguetes, así que los Reyes Magos me regalaron a todos, aunque a mí me bastaba tan sólo con tener a Neblina, no obstante, para obtenerla a ella necesitaba mostrar a los Reyes un fingido interés en los demás integrantes varones que conformaban al equipo: *los luchadores*, como les llamaba mi padre.

Lo que me parecía curioso eran las articulaciones, tanto de Neblina como de otras muñecas, significativamente más reducidas que las de los muñecos; si bien los juguetes de acción más sofisticados y avanzados comenzaron a tener articulaciones muy básicas en piernas y brazos, los movimientos de las piernas eran diferentes: mientras los muñecos al sentarse adoptaban una figura un tanto más natural y erguida formando un ángulo recto entre sus piernas y torso, la movilidad de las muñecas era de adentro hacia afuera, de tal manera que al quedar sentadas quedaban con las piernas extrañamente abiertas, con un triángulo invisible en medio de ellas, imposibilitadas para hacer, por ejemplo, un *split*; o bien, hasta estando paradas tenían las piernas así, lo cual me resultaba inquietante porque nunca había visto a una mujer con las piernas así de abiertas al caminar, aunque estuvieran estáticas; a menos que no lo hubiera notado por los encubridores vestidos, tal vez por eso las mujeres utilizaban semejantes envestiduras kilométricas, o miriñaques extensos, porque a cierta hora del día sus piernas poseídamente se abrirían como las de mi muñeca Neblina.

Esta extraña posición de piernas hacía no solamente más torpe la manipulación de la muñeca, sino que acentuaba la diferencia genital: ese triángulo invisible en medio de sus piernas era el triángulo de lo indecible, el triángulo del misterio. Debía adentrarme en las diferencias anatómicas entre luchadores y luchadoras al apropiarme de sus cuerpos en mi juego. También era el triángulo contrapuesto a las buenas costumbres, pues tenía entendido que las mujeres que se abrían de piernas eran sucias, provocadoras, incitadoras del deseo masculino, *busconas suripantas* les llamaba Adolfa, andaban buscando quién les quitara la virginidad, entonces posiblemente Neblina era una buscona desvergonzada, pero una suripanta valiente, porque con sus poderes luchaba contra los villanos, como Adolfa.

Adolfa me decía que en sus años de juventud se defendía, *a mí si me molestaban yo no me les rajaba, no, qué esperanzas. Yo sí era de armas tomar, yo sí les daba su estate quieto a las*

98

mitoteras que se querían pasar de vivas conmigo. Qué calmadita ni qué ocho cuartos, que si me jalaban la trenza, pus yo les jalaba las enaguas y hasta los calzones a las méndigas babosas, y las dejaba así, como Dios las trajo al mundo, ora sí que con el fundillo de fuera, con sus desvergüenzas al aire y enfrente de todita la plaza, para que ora sí dieran de qué hablar las brutas, para que vieran que conmigo no. Yo habré estado bruja, pero no idiota. Yo sí aprendí a ser gallo, yo sí no me dejaba.

Cajita musical

El uniforme de la escuela de parvulitos me parecía tan abruptamente aburrido que decidí llevarme, contra la voluntad de mi madre, unas botas vaqueras con el *pants*. Me sentía precisamente como Neblina con aquellas botas que, si bien no me llegaban hasta los muslos, eran botas, y para mí, sí llegaban; el cintilante sonido del tacón cubano se apropiaba de la edificación entera al entrar. Caminaba portentoso, orgulloso con mis botas, mientras el eco se expandía entre las paredes de aquel edificio que hospedaba inocencias puras... y la mía, ligeramente temerosa.

En una ocasión nos encontrábamos sólo Leopoldo y yo en casa. De pronto, escuché la presencia de una fémina a quien Leopoldo había invitado aprovechando que no estaba nadie más que yo. No le di importancia y seguí jugando con Neblina. Cada vez que mis padres se iban de casa, a hurtadillas subía las escaleras sin que nadie se percatara de mi presencia, me dirigía hacia su habitación y caminaba más sigiloso que un gato, me colocaba en el dintel asegurándome de que nadie me viera, me arrastraba por la alfombra hasta llegar al taburete del tocador de mi madre y lo extraía para lograr alcanzar el alto mueble en el que se encontraban sus dos tesoros de infancia: Alicia, la del país de las maravillas, con un delantal muy parecido al que utilizaba Adolfa para cocinar encima de su amplio vestido negro de percal, y una cajita musical metálica con flores grabadas que, al abrirla, me deleitaba con los cautelosos movimientos circulares de una bailarina danzando al ritmo de *Für Elise* de Beethoven, con su paso de *arabesque* que yo imitaba a escondidas frente a las lunas del armario de mi madre, sin lograr mantener el equilibrio por completo debido a mis petrificados zapatos de cuero.

Cuando abría la caja en mis ocultos minutos, lentamente me sumergía en su escenario: uno de estrellas con fondo azul marino, todo el interior era de ese color, a excepción de la bailarina de blanquísima piel con su tutú y sus medias color rosa.

Adentraba mi mirada en su geométrica falda, que era a la vez un caleidoscopio redondo e interminable, infinito como su fondo estelar. Bailaba ella y bailaba yo. Casi lo lograba; la música de Beethoven me impulsaba a hacerlo mejor, a esforzarme el doble, no podía quitarme mis zapatos porque si alguien entraba no podría correr a esconderme y sería terriblemente castigado por mi pecaminoso acto.

El cuarto de la alfombra verde se convertía en mi propia cueva, en la habitación de los secretos y de mis pecados, la habitación de mi dualidad; los espejos ahora eran mis cómplices, ellos veían mis más penosos pero incontrolables impulsos. Ahí entraba a jugar con Alicia, Neblina y la bailarina. Me recostaba de bruces sobre la alfombra. A las dos primeras las peinaba suavemente con el cepillo de cerdas de mi madre: Alicia, con sus cabellos de oro; Neblina, con sus cabellos blancos.

Las peinaba por mucho tiempo, me imaginaba las pláticas que ellas tenían mientras la bailarina les mostraba sus más arriesgadas piruetas en cámara lenta, con el tiempo detenido. Neblina y Alicia dialogaban sobre la pléyade astral al fondo de la bailarina y de su inaudita destreza sobre el escenario, pero hablaban también sobre sus delicados atuendos y sobre sus novios.

—*¿No te parece, querida, que los movimientos de esta bailarina son prodigiosos?*

—*Por supuesto, querida Alicia, ella es la mejor bailarina del mundo, mira esas piernas tan delgadas y alargadas.*

—*Y ese fondo centelleante me parece de lo más elegante.*

—*Oh, los astros… Espero algún día convertirme en uno de ellos.*

—Por cierto, querida, qué hermoso peinado has traído hoy. Siempre a la última moda.

—Muy a la orden, querida Alicia, es que vengo de una sesión fotográfica para El Mundo Ilustrado. Me pidieron posar para aparecer en la sección de damas. Fascinante, ¿no lo crees?

—¡Vaya! Me alegro mucho por ti, querida. Hace un año, cuando me pidieron a mí posar para la sección de damas de esa revista, utilicé un hermoso traje de terciopelo verde, muy chic, con olanes y un moño gigante en la caída del vestido. Era divino... Y bueno, el vestido que traigo ahora viene de Alemania.

—Oh, desconocía que tú también habías aparecido en El Mundo Ilustrado... El mío también es de Alemania, pero mi capa es de Francia. Es un vestido muy caro.

—Por supuesto, querida, no es por nada, pero siempre aparezco en las revistas femeninas más exclusivas de México. La gente dice que soy muy hermosa. Y mi vestido también es muy costoso, ¿te gusta el encaje que traigo hoy?

—Es divino, se nota la finura de la tela, querida Alicia. Y sí, eres muy hermosa. Por cierto, he escuchado rumores sobre mi cabellera, dicen que mi cabellera blanca es causante de envidias entre las mujeres hermosas...

—Oh... en efecto... ésta es una tela muy suave y muy fina, es regalo de mi novio, creo que pronto me pedirá ser su esposa.

—¿Acaso te incomodó mi comentario, querida, o por qué te mordiste el labio? Vas a ensuciar tus dientes de bilé y sabes bien que una dama con los labios manchados sólo refleja una sospechosa educación y, peor aún, una dudosa genealogía...

—Oh, ¿en cuanto sea el entreacto me acompañarías al tocador para asegurarme de que mis dientes no estén manchados de bilé?

—Por supuesto.

—*Gracias, querida, lo que pasa es que tengo sed. Eso me provoca morder mis labios...*

—*¡Y qué maravilla lo que me cuentas! Tienes que invitarme a tu boda, estaré encantada de asistir. Con tu exquisito gusto, estoy segura de que harás de tu boda un sueño. Tu novio es un primor.*

—*Ten por seguro que te invitaré tan pronto como mi novio pida mi mano. Sí, es muy guapo, aunque también el tuyo es muy apuesto. Seguro estará orgulloso de tener una novia como tú, tan femenina y con una cabellera tan sedosa y blanca como la tuya.*

—*Ay, gracias, querida, me halagas. Sí, mi novio es muy apuesto y he de decirte que besa muy bien. Te cuento...*

Me distraje porque comenzaron a oírse ruidos y yo rápidamente guardé todo, lo coloqué en su lugar, como si nada hubiera pasado y metí a Neblina en mi bolsillo. Escuché como si estuvieran arrastrando un mueble, pero no había voces. Los misteriosos ruidos provenían de la habitación de Leopoldo. Lentamente me dirigí hacia su aposento, temía que estuviera en peligro... Cuando estuve afuera de su habitación, escuché la voz de una mujer sufriendo, era la misma que había entrado horas antes. Aunque ella le pedía más a Leopoldo... estaba sufriendo, pero le gustaba.

Al asomarme por el picaporte, me di cuenta de que la estaba embarazando, no sabía que de esa manera tan violenta se llevaba a cabo el embarazo, pensé que eso sólo sucedía en *Fanny Hill: Memoirs Of A Woman Of Pleasure*, no sabía que Leopoldo ya quería ser padre, yo lo veía muy joven aún para eso. ¿Por qué esa mujer gritaba con tanto salvajismo?

Ixtapan de la Panocha

Disfrutaba sobremanera acercarme a Felisindo, yo le caía muy bien. Siempre me contaba historias de terror de criaturas abominables que se aparecían en su pueblo, seres que estoy seguro de que merodeaban en las noches por los pasillos de mi casa. Yo los llegué a escuchar, por esa razón jamás apagaba las lámparas de mi habitación, porque sólo aparecen cuando la luz se ausenta.

Felisindo me contaba cómo era la vida en su pueblo, fascinante y llena de aventuras:

Te digo que mi apá llegó a tener mucho dinero cuando era joven, luego lo perdió por entrarle a la borrachera y porque le gustaban reteharto las mujeres. Era un cabroncito mi viejo, en paz descanse. ¿Que a qué jugaba yo? Bueno, yo cuando estaba chamaco, así como tú, me gustaba jalarles las orejas a mis hermanos, por maldoso, ¿ves? Pero luego mi amá me andaba correteando por todo el corral para jalármelas a mí. Lo que sí, me reencantaba irme con los animales al corral. Ahí me pasaba yo buen rato con los burritos, les acariciaba el lomito a los recién nacidos, vieras qué bonitos son los burritos recién nacidos... Bueno, hasta los viejos están rechulos. Los caballos eran otra cosa, para mí eran unas bestias gigantes, pero cómo te explico..., bestias con cora-

zón, porque hasta eso nunca ninguno fue maldoso conmigo ni nada, eran buenas gentes, no se diga el Placer, así se llamaba el mío, mi apá me lo regaló cuando cumplí yo diez, «éste ya es tuyo, ya estás en edad de enseñarte», me dijo, y yo, «pus claro» y el Placer decidí llamarlo. Vieras qué animalón el Placer, n'hombre si te contara cuando llegó a jovencito, andaba bien caliente, hasta que le conseguí una yegüita de por ahí cerca y ya se calmó, se le bajó la calentura, pus cómo no, como a uno, te digo que los animalitos son como nosotros, luego el retoño salió igualito al padre, el mismito color café del Placer, nomás que ésa fue mujercita, otra yegüita como su amá; pus le puse la Alevosía. Cuando nos íbamos todos los de Ixtapan a reclamar nuestras tierras a Palacio se escuchaba mucho esa palabrita, vieras cómo se me quedó pegada. Qué bonito suena, ¿a poco no? Lo que sí nunca entendí es por qué la gente de la ciudad ve a las vacas como verijonas. Nada de eso, las vaquitas chulas no son para nada verijonas, son bien trabajadoras, a ver tú dime, ¿cuándo has visto a una vaca dormida en el día? Pus claro, nunca están dormidas en el día, si acaso toman sus descansos y ahí se echan en el pasto un rato, pero están bien almejas, nomás se echan pa' descansar, como nosotros, ¿no?, pero de verijonas no tienen nada, ¿ves?

Recuerdo que un día fui a Ixtapan de La Panocha, el pueblo de Felisindo. Insistí a mis padres para que me dejaran acompañarlo, así podría ver el zoológico del que me hablaba. Aquel día me acerqué a la casa de madera donde se encontraban las vacas, *mira qué ojazos tiene esta vaca, mira qué hermosos ojos...* Me acerqué para observar con detenimiento los ojos de aquella vaca, nunca había visto unos tan grandes, tan gigantescos. Estaban rodeados por unas largas pestañas, como las mías, pero más gruesas. Vi el universo entero en esos ojos negros, eran de una lobreguez inexplicable. Adolfa me decía que los ojos eran dos ventanas al alma. Estaba viendo el alma de la vaca, que me ocasionó un asombro repentino por la profundidad de su oscuridad y porque llegué a ver al fondo, muy al fondo, las luces que parpadeaban tintineantes como las luciérnagas en el Desierto de los Leones; la vaquita hospedaba en su alma luciérnagas refulgentes en su amarillo andar, bailaban y daban vueltas en espirales y hacían movimientos agitados mientras nadaban en aquella negrura inexplicable.

El pueblo de Felisindo estaba construido a base de colores contrastantes. Cuando íbamos de regreso a mi casa pasamos a comprar paletas de hielo frutales frente a la iglesia, me gustó tanto la de zarzamora que le pedí me comprara otra; me la devoré exprimiendo con mis dientes la jugosa pulpa morada que me poseía. Terminé salpicando a chorros mi corbatín de satén blanco. Mientras estábamos sentados comiendo, nos encontramos en aquel poblado tan extraño frente a un centenar de gente con prendas oscuras caminando por en medio de las calles con el sonido estrepitoso de cornetas, trompetas, clarinetes, tambores y saxofones; todos ellos sonando a un ritmo geométricamente estruendoso que se expandía hasta lo más profundo de las alcantarillas y se metía por las ventanas abiertas de las casas. Era un grito de lamentos melódicos, me confundía al tratar de descifrar si aquella manifestación sonora era una celebración o más bien una letanía musical de lamentos aletargados acompañados por una vorágine de llantos ahogados. O tal vez ambas.

Me llamaron la atención particularmente las mujeres lloronas envueltas en diáfanas transparencias negras de tul, caminando con la mirada hacia abajo, como regañadas por Dios; sus vestidos llegaban hasta los tobillos, por donde se asomaban zapatos igualmente negros, similares a los de mi madre en el tacón Luis XV, pero a la mitad por el desgaste; algunos lustrosos, pero la gran mayoría enlodados, arrastrando las penas.

En medio de ese mar de velos negros cargaban entre varios un ataúd adornado con alcatraces, nubes de mosquetas rosadas y coronas de gladiolas que parecían alcanzar el cielo como proyectiles blancos en la oscuridad contrastante de esa noche diurna constituida por la masa de gente triste. Algunas lloraban con tanto empeño que podía notarse en su ahínco cómo sus dolientes vociferaciones eran absorbidas por un túnel en medio de su sollozo. Sus voces graves eran consumidas por su misma voz, pienso que esos alaridos de lágrimas iban a parar a algún pozo desconocido en su estómago. Y es ahí, en el estómago, donde yo siento un dolor que me impulsa a lanzarme frenéticamente a bofetadas y rasguños contra mi hermano Narciso cuando me enerva con sus juegos pesados. Seguramente esas mujeres de negro estaban sintiendo ese dolor que les impide respirar, leí que los corajes y las tristezas impactan directamente en el estómago, que es donde se retiene inicialmente el líquido del cuerpo. Me impresionó saber que 70% del cuerpo humano está compuesto por agua distribuida entre todos los órganos. El cerebro se compone de ella en un 70%, la sangre en un 90%, la piel 75%, el corazón 70%, y los ojos en un 95%: casi la totalidad de los ojos es agua, lo que quiere decir que el alma es acuosa. Las luciérnagas danzantes al interior de la vaca de Felisindo eran lumínicas bailarinas lacustres.

Es una procesión, me dijo Felisindo cuando se detuvo a persignarse al pasar frente a nosotros el ataúd, que más bien se asemejaba a un santo. Yo igualmente me persigné y agaché mi cabeza por respeto al difunto, *que Dios lo tenga en su santa gloria.* O difunta, no se sabe qué habita al interior del cuerpo muerto, no sé si las almas tengan sexo; una señora, María de Zayas, escribió que el alma es andrógina: masculina y femenina a la vez; desconozco si los ángeles de la guarda son niños o niñas, o los dos al mismo tiempo, o si son asexuados como los querubines. Después le preguntaría a Adolfa. En los costados de la procesión, perros mestizos iban escoltando a la gente enlutada, también se veían tristes, desganados. Uno de ellos llevaba puesto un collar de limones en el cuello, como el que le colocó Felisindo a Rutilio el invierno pasado cuando lo invadió una gripe endemoniada que lo hacía toser al pobrecito. Felisindo amablemente se encargó de hacerle su collar de limones, *porque en una de esas es garrotillo, ése le da a los perros, dicen que es porque el perro cuida la casa de los malos espíritus que se quieren meter a vivir como aviadores. Entonces el perro, defendiendo, se come a los malos espíritus, pero le da el garrotillo, eso quiere decir que el perro tiene adentro al espíritu, lo tiene atorado en el pescuezo y por eso tose y tose, porque se lo quiere sacar de la trompa y no puede. Pus como los limones son ácidos, ese ácido hace estornudar a los perros también, les ayuda a sacarse a los espíritus, y los espíritus ya no vuelven porque ya vieron que ahí hay un guardián pa' protejerlos a ustedes, pues. Dicen que ése nomás les da una vez a los perros, como la varicela. Como que quedan marcados los perros y los espíritus ya saben que ese perro es rejego y les lanza la trompa si no se están quietos. Aunque a la Trenza, una perra de mi calle, le dio varias veces, yo creo que ese espíritu se la traía contra ella, pero la Trenza era bien galla, nunca se dejó, y no y no. Siempre nos protegió la Trencita.*

Al final de la marcha lóbrega, a manera de cierre, un grupo de campesinos ataviados de camisa y pantalón de manta iban muy gallardos, muy estoicos, pero severamente desesperanzados, cantando *¿A dónde irá veloz y fatigada la golondrina que de aquí se va? Así en el cielo se hallará extraviada, buscando abrigo y no lo encontrará...* Me imaginé que al interior del ataúd había una golondrina tan voluminosa como pesada, porque era uno muy grande cargado por muchas personas.

Cuando la negra procesión se iba alejando, con su cada vez más distante estruendo, las paredes de colores iridiscentes se hacían más grandes y esa masa negra de nebulosa melancólica, esa bruma melódica que cargaba a la muerte, se iba empequeñeciendo poco a poco. Lo que estaba frente a mis ojos era una supernova de penas en aquel pueblo silencioso.

Tras la alharaca de melodías que alegraban la entrada del muertito al nuevo mundo, Felisindo me dijo que *a don Ernestino, nuestro presidente municipal que ya pasó a mejor vida, se lo lincharon en el monte hace unos años porque descubrieron que era traicionero, y además de traicionero, trácala, que estaba robando el dinero del pueblo para írselo a gastar en sus casas de la capital, mientras le daba puras migajas al pueblo, ¿ves? Nomás que desde que murió, la gente no ha parado de morir aquí. Entonces todos sabemos que es él, don Ernestino, el que se está llevando a todos a la chingada. Se mueren así nomás, sin razón, unos en su cama, otros aparecen en el barranco, otros nomás desaparecen y ahí llevan el ataúd vacío en las procesiones, porque ya saben que ya le tocaba su turno a éste o al otro. Ya nomás queda uno de los que provocó el linchamiento, que disque no se va a ir de Ixtapan de La Panocha porque él sí es leal, sí es patriota y no le tiene miedo ni a don Ernestino ni a nadie.*

Nos fuimos de aquel poblado desprovisto de esperanza, que, a pesar de su acentuado colorido, el estruendoso silencio daba la impresión de que ese pueblo estaba habitado por fantasmas, y seguramente también por gigantescas golondrinas que no alcanzaba a divisar entre el estallido de nubes blancas.

Aviario

De Felisindo aprendía mucho sobre sus remiendos a la casa, yo también quería arreglarla cuando se descompusiera. Cada vez que él iba me sentaba a verlo trabajar, lo cual era muy frecuente, porque nuestra casa cada vez se desmejoraba más, solamente que yo me colocaba mi sombrero de carrete porque si no mi piel se volvería negra como la noche, me decía mi madre, lo cual me causaba intriga, no podía imaginarme cómo se vería mi piel negra en su totalidad, como un miembro más de la procesión en el poblado de Felisindo; tal vez mi cuerpo se revestiría por velos negros, por translúcidos *voilettes* o, como los ojos de la vaca de Felisindo, posiblemente también de mi piel brotarían minúsculas luciérnagas, tal vez me convertiría en una constelación, en un cuerpo celestial condenado a la sublime oscuridad.

Felisindo me hizo guardar un respeto profundo hacia los animales. Ahora veía distinto a las aves que habitaban en la sala, al fondo de mi casa. Ese espacio estaba destinado únicamente al aviario, era del tamaño de un glaciar, más grande: una jungla al interior de mi propia casa. La estructura completa se la trajo mi abuela Ewa cuando emigró a México desde Alemania. No se vino con su casa en el barco porque estaba pegada al piso, pero sí se trajo su longitudinal y espacioso aviario, con todo y aves, las cuales fallecieron al llegar al Puerto de Veracruz, *Dios las tenga en su santa gloria*, yo creo que murieron de la vergüenza de ser criticadas al bajar del barco, pues mi madre me contó que *además del aviario rebosante de arabescos, tu abuela trajo consigo más de cuarenta baúles llenos de adornijos de metales y piedras preciosas, plumas de avestruz, ceniceros y boquillas de carey, de mármol, de plata, escarolas, bibelots de madera tallada y de porcelana, alfombras, gobelinos, telas inconseguibles en México, una infinidad de calzado proveniente de todo el mundo.*

Tal vez mi abuela pensaba que aquí había el mismo clima de Alemania, porque en sus baúles había también un sinnúmero de abrigos de visones, zorros y avestruces, a pesar del clima tropical de México. Yo creo que sí se trajo su casa entera, la ha de haber doblado en los baúles con el cuidado con el que suavemente deslizaba sus finas manos sobre aquellos géneros que eran su tesoro; los estiraba y hacía pliegues para después esculpirlos en forma de vestidos encantados por la magia de sus dedos.

El diseño de moda es una tradición en mi familia. Generaciones pasadas de mi abuela se dedicaron con pasión a materializar los sueños a partir de suntuosas telas, pero no fue hasta la llegada de ella a México cuando la riqueza familiar se acentuó al establecer relaciones propicias con las familias adineradas indicadas para la bienaventuranza y dicha económica de ella y su familia, aunque mi abuelo fuera el responsable de la lenta degradación de sus bienes.

De ahí proviene mi apellido materno: *Schneider*, que significa sastre o modista en alemán. Mi nombre es Leonardo de la Cruz y Schneider, es decir, Leonardo de la

Cruz Modista, tal y como la encrucijada reliquia arbórea que cuelga de mi cuello.

Continuó mi madre: *Trajo tibores, muñecas de porcelana, y otras más de migajón que ella misma esculpía con sus propias manos; sí, cada flor y cada pliegue de los inmensos vestidos, cada detalle de sus canastas con flores, los peinados, las sombrillas, los sombreros, los olanes, los moños, el mínimo detalle era imperfectible; al igual que los cuadros, enmarcados en oro, de bodegones pintados que ella volvía tridimensionales con una técnica de pegado triple de lienzo, inusual, costoso y difícil de lograr, algo que le costaba horas de sueño, dolores de espalda y hasta de olfato, por el barniz con que culminaba su obra, que fungiría después como decoración de interiores en nuestra casa. Era una artista, basta ver sus vestidos para darse cuenta. No sé si ella lo sabía.*

El color del tiempo

Al igual que la cajita musical, me interesaban otros aparatos que tuvieran sus entrañas llenas de misterio. Los relojes, por ejemplo. Mi abuela me regaló un dorado reloj de faltriquera utilizado antes por mi abuelo. Tenía grabado los cuernos de un venado que hacían alusión a la pasión de mi abuelo por la cacería. Recuerdo haber visto, colgando de su bolsillo, aquel reloj que cada que era consultado, amenazantes aparecían los cuernos, como ramas de invierno, filosas y alargadas.

El reloj endemoniado avanzaba y las dudas sobre mi tiempo restante en esta vida a mí sólo me acorralaban. Un buen día decidí por fin desmontarlo para conocer la materia de la que estaba hecha el tiempo, para saber, por fin, lo que era.

Quería palparlo, quería detenerlo para, decididamente, jamás hacerme viejo.

Al abrirlo me hallé repleto de minúsculas piezas metálicas, simétricamente embonadas en otras de igual forma, pero de diferente tamaño. El invisible tiempo se me había escapado de las manos sin darme cuenta.

Lo mismo me sucedía cada Año Nuevo. Mientras comíamos las deliciosas uvas verdes, a segundos del arribo, corría a asomarme a la ventana, a veces salía al jardín con la esperanza de ver la llegada del nuevo año, allí permanecía hasta que caía la media noche, volteando hacia el firmamento, en espera de algún atisbo, algún cambio; pensaba que una estela de luz atravesaría el cielo y las calles, una estela que, tras su paso, cambiaría los colores de todo, incluso llegué a considerar que crecería varios centímetros de un segundo a otro o que las infames arrugas aparecerían sobre mi semblante.

Pero no. Nunca vi nada semejante. Llegué a la conclusión de que cada Año Nuevo, como cuando abrí el reloj de mi abuelo, algo invisible atraviesa el cielo.

Selva

Por las noches le pedía a mi madre, encarecidamente, que colocara en mi buró el artefacto mecánico que irradiaba animales. Una luminaria de bestias.

Era una serie de láminas yuxtapuestas. En su interior, ella colocaba una lámpara de aceite y el aparato, tras hacer girar una cuerda, daba vueltas mecánicamente de tal manera que se proyectaban animales en las paredes.

Elefantes, caballos, leones, panteras, perros salvajes, conejos. Los veía danzar por mi alcoba, multiplicándose y cambiando sus tamaños conforme se desplazaban en la pared. Mi madre, amorosa, se sentaba a un costado mío, acariciaba mi sedoso cabello mientras observaba mi asombro por los feroces animales silvestres. Me miraba y me miraba. Me veía con ternura, pero también con una especie de dolor incomprensible para mí. Me pregunto qué habrá estado pensando aquellas noches mientras acariciaba mi cabellera.

Mi alcoba en las noches se convertía en una selva, una selva avasalladora pero también frágil, que me conmovía hasta que el sueño al fin me vencía.

Era tanta mi fascinación por aquellos animales salvajes, y tanta mi frustración por no poder asirlos entre mis manos,

que un buen día, en temporada de lluvias, llevé un frasco vacío al Bosque de Chapultepec para atrapar ranas. Algunas no se dejaban, pero las más lentas o distraídas sí. Tal vez eran las más viejas.

Llegué a mi casa y las vertí en las macetas y jardineras, esperando que hicieran el amor en mi romántico jardín para luego ver saltarinas criaturas, pequeñas ranas volando, resplandeciendo por mi verdoso jardín. Pero mi vergel pareció no bastarles para consumar su amor. Nunca vi una sola ranita saltar en mis desolados pastos.

Entrevista (tercera parte)

1 de febrero de 1926

J: ¿De qué manera logra enfrentarse a una sociedad tan llena de hombres-machos?

C: Toda yo soy la imagen del barroco. Tan es así que no me basta un solo haber en mi sofisticado ser. El alma es andrógina y yo soy el reflejo de mi alma. Aunque esencialmente femenina, mi naturaleza no se basta con los polos.

Yo lucho contra el patriarcado desde que nací, desde el primer minuto de mi vida; cuando envolvieron mi cuerpo, aún con mis ojos cerrados, en una manta amarilla, porque, fíjate, la manta en que me envolvieron nunca fue azul, sino amarilla, una especie de intuición cromática, ¿no lo crees? Quizá por eso me gusta tanto el amarillo; o cuando en mi adolescencia, al intentar llevar al colegio mis cuadernos en un neceser de mi madre en vez de un maletín —por cierto, aquel neceser, curiosamente, era amarillo—, mi padre me lo arrebató para apuñalarlo, para destazarlo frente a mí, siendo que lo que estaba apuñalando era mi tapizado corazón de orquídeas negras; estaba destazando a mi mujer interior. Pero sólo destrozó mi follaje. Como la injustamente llamada hierba mala, las raíces de mi naturaleza quedaron severamente heridas, mas no muertas. Las arterias de mi corazón hallaron sus defensas, sus mecanismos, como el engranaje que hacía mover a la bailarina en la caja musical de mi madre, o al reloj que algún día desarmé para ver la sustancia del tiempo; mis arterias se conectaron con las venas de mi cerebro de hortensias, gracias a eso mi engranaje silvestre aún funciona. Ahora mi cuerpo está cubierto de una capa diamantada que me permite escribir y seguir luchando. Mira mis manos, con estas largas uñas, o garras, como las de Coatlicue, me defiendo escribiendo: rasgando el veleidoso y asfixiante machismo.

A mis amistades en ocasiones me remito para consolidar mis creencias. Mis amigos son un pilar. Aunque soy muy solitaria, cuento con ciertas amistades que de vez en cuándo alivian mis penares, son con quienes comparto mi pensar.

Entre ellos se encuentran Carmen Mondragón, o Nahui Olin, nombre que le dio Gerardo Murillo, o el Dr. Atl, con ella comparto muchas ideas, nos entendemos muy bien, podría decir que nuestros espíritus están atados, son espíritus hermanos. Sus pinturas y poemas son inigualables, ambas compartimos el gusto por el modelaje, nos encanta posar frente a la cámara, nos gusta que nuestra belleza sea admirada y al mismo tiempo registrada en la eternidad de un retrato revelado. Y lo mismo sucede con María Asúnsolo, una querida amiga, culta y esteta, mecenas y modelo, experta conversadora de altísima belleza, quien se la vive siendo retratada por los mejores pintores de México.

María Izquierdo, por otro lado, es otra muy querida amiga, sus pinturas son desgarradoras y también sublimes, es admiradora de Cézanne, pero a mi parecer ella lo supera por mucho, con su pincel tan suelto, sus colores y escenas dramáticas, espléndidos autorretratos con eternas y salvajes trenzas, bodegones mexicanos, guantes femeninos y sombrillas finiseculares, cabezas desprendidas del cuerpo y fuentes de piedra en medio de la nada, una nada rodeada de altos árboles; poco se sabe de sus inclinaciones hacia el muralismo porque su obra es sobre todo en caballete de pequeño formato, pero cuenta con un mural hecho sobre madera y también está bosquejando uno más grande, que espero llegue a pintar.

Y hablando de muralistas, me atrevo a decir que será la primera muralista mexicana mi también amiga Chabela Villaseñor, cantante, pintora, actriz, grabadora y escritora; es joven aún, pero me ha contado sus inquietudes artísticas. Algún día habré de presentarla con Alfredo Zalce, quien me contó sus intenciones por pintar un mural en una escuela de Ayotla, en el Estado de México. Sería una excelente oportunidad para Chabela trabajar de la mano con él en ese mural en algún futuro.

Xavier Villaurrutia es también imprescindible en mi círculo de amistades, un hombre acaso esotérico y de humor particular, es un gran escritor, su teatro, su crítica y, sobre todo, sus poemas, me parecen magistrales; su poesía es una revolución estética, una nueva forma de ver la vida. O la muerte.

Con Frida Kahlo también guardo una cercana relación, disfruto sobre todo sus autorretratos, me ha enseñado sus cuadernos eróticos, unos que no ha compartido aún con nadie, y guardo cierta fascinación por sus joyas, casi tan hermosas como las mías.

A mi admirada Lola Álvarez Bravo, Dolores Martínez de Anda, le debo mucho. Decidió quedarse con el apellido de su marido para ser reconocida con el mismo sello de creatividad que a él lo distinguía. Manuel Álvarez Bravo aún es su esposo, aunque ya no vivan juntos. Ella insiste en no divorciarse de él, aún lo ama. Sus fotografías llegan a ser muy similares entre ellas, ambos se criaron con la escuela de Edward Weston y Tina Modotti. Manuel, junto con Lola, son los mejores fotógrafos que ha habido en México hasta ahora.

La primera cámara de Manuel fue una Premo No. 12; la primera de Lola fue una Graflex 8x10 que le vendió Tina cuando se encontraba en apuros económicos, poco antes de su exilio de México a bordo del *Edam*, perseguida por su ideología comunista.

La obra de Lola es magnánima, similar a la de Manuel, pero no idéntica. Tienen una sensibilidad distinta. Ella, además de ser la primera fotógrafa mexicana, es también la pionera del fotomural y del fotomontaje. Quizás en sus fotomontajes, en sus *collages*, radique su tesoro más preciado.

De Lola me gustaban mucho sus joyas, particularmente su collar de perlas barrocas, semejante al mío. También las de María Izquierdo, qué barbaridad de jades. Los atuendos de María son cada vez más hermosos, son de Oaxaca, como los de mi amiga alemana Olga Kostakowsky, que decidió apellidarse Costa para mexicanizar su apellido. Un día viajamos al Istmo de Tehuantepec para admirar la belleza de tan purísimo estado, no hay otro cielo como el de Oaxaca, y claro, también fuimos para comprar los más finos vestidos de flores bordadas, tengo un par de trajes de tehuana, que por cierto muy bien me lucen.

Como podrás darte cuenta, mis amistades están íntimamente relacionadas con las bellas artes. Creo que el tiempo que paso con ellas influye en mi pensar y sobre todo en el arte que yo hago. En mi infancia llegué a pintar y recientemente estoy retomando la pintura. Me gusta la pintura al pastel, la acuarela y el óleo. Hago sobre todo autorretratos.

Y bueno, ahora estoy por terminar el *Manifiesto de la Mujer Dual*, en el que hablo sobre los convencionalismos estereotípicos que parten de la absurda premisa biologicista: hombre es a pene, como mujer a vagina, tan utilizada por los conservadores para lanzar veneno por sus lenguas, particularmente a mujeres como yo. Ahí mismo incluyo mi queja hacia ciertas feministas que me excluyen de la lucha contra el patriarcado. Esta semana le llevaré el manuscrito a Adelina Zendejas, ella publica en el semanario *Revista de Revistas* y sus artículos son muy agudos, Adelina es una mujer de pensamiento crítico, espero que me apoye para publicarlo ahí, me he encontrado con infinidad de trabas en mi vida para publicar, no ha sido cosa fácil, querido.

El *Manifiesto…* empieza con el poema *¿Con qué derecho?*:

> *Consumida por el rayo,*
> *expandida bajo el sol*
> *tras levantarme a diario, desnuda*
> *con mis brazos abiertos,*
> *con mis cabellos flotantes*
> *de pronto sacudidos*
> *por vesánicos gritos,*
> *dinamitando*
> *con insultos mi cabellera errante:*
> *«¡travestido, insurrecta,*

enfermo, transformista, disfrazado, vestida,
pervertido!»

Difamaciones
que se incrustan como clavos
en mi piel desnuda,
que se enredan,
que se enraízan
en mis largos cabellos de amatista.

¿Con qué derecho han de juzgarme
si ningún daño he infringido?

¿Con qué derecho deciden sobre mí
y sobre mi psiquismo?

¿Con qué derecho me despiden de uno, dos,
de un millar de empleos,
pisoteando mis estudios
y mi intachable desempeño
tras pigmentar mis labios,
tras enredarme en perlas, estolas, tacones
y en infinita variedad de medias?

¿Con qué derecho me impiden
la entrada al tocador,
al vestidor de las mujeres,
siendo yo una de ellas?
¿Con qué derecho se me asume pervertido?
¿Con qué derecho una mujer
niega a otra mujer?

¿Con qué derecho me impiden marchar en protestas
feministas
si militamos, si somos parte
de la misma lucha?
¿Con qué derecho me ven por la calle
como adefesio andante, sin siquiera saber
que cada paso con zapatillas sobre la acera,
con sus miradas lacerantes —látigos de fuego—
pesa más que el universo entero;
que cada minuto de mi vida
ha sido una lucha —tal vez perdida— contra el
mundo
y mis silentes batallas interiores?

Todo mi cuerpo es un lenguaje extranjero
que solamente los pájaros comprenden;
es el lenguaje al salir de prisión,
de una cárcel de penas
de sangrante punición;
por revestirme con damasco, satín y terciopelo,
por sumergirme entre muselinas, encajes y organdíes,
por nadar entre sedas, plumas y velos,
por fusionarme con enaguas, listones y doradas
filigranas:
por ataviarme del tulipán en su efímera eclosión,
por ataviarme de libertad
en su más
ígnea ebullición

y aunque los incesantes gritos continúan,
permanezco erguida —como cruz del monte—
con mis brazos extendidos,

mi cabellera, con restos de pólvora hablada,
gritada
y municiones de saliva ponzoñosa,
pero aún cabellera firme:
creciente pasto, cascada de rosas negras,
maleza de azogue, maleza viva.
Mi piel desnuda, adolorida
pero abrazada
por un sol flameante,
des
congelante.

En cuanto haya terminado de redactar el *Manifiesto de la Mujer Dual*, me gustaría compartírtelo, tal vez en nuestra próxima entrevista.

IV

Perlas de jazmín

Guardo gratos recuerdos de mi abuela. Cuando cierro mis ojos para verla, la recuerdo con una cantidad impresionante de collares de oro, cadenas de todos los grosores de un dorado extenuante sujetados por dorados broches en forma de pasador; otros collares eran de perlas blanquísimas enredadas en su cuello, entreveradas con el dorado fulgor de las demás cadenas que engastaban zafiros o esmeraldas delirantes y me recordaban al verde de los mangos que compraba Adolfa en el mercado, pero también a las auroras boreales encapsuladas, detenidas en el tiempo, en aquellas alhajas. Esa imponente joyería contrastaba con el negro de sus bonetes de seda con adornos florales que recubrían su semblante.

Por las noches juntaba las palmas de mis manos, con mis ojos fuertemente cerrados y de hinojos frente al dosel, para implorar a Dios algún día adornar el nacimiento de mi cuello con sus hilos de perlas, con sus collares de alarmantes zafiros, ópalos y amatistas.

En los vestidos de mi abuela el alto cuello de encaje exponía su sobriedad, su tajante seriedad; sus hombreras irradiaban, le daban un porte que yo quisiera tener a su edad; esas hombreras, de ser dos enormes e irregulares globos de seda, se iban convirtiendo en hilos estrechos que acariciaban asfixiantemente sus brazos; sus faldas eran larguísimas, algunas impedían la vista de sus zapatos.

Cuando ella vivía, la servidumbre era un ejército de personas dedicadas únicamente a su servicio, requería al menos de tres personas para la colocación de sus miriñaques, otras dos encargadas para ajustar los corsés, yo creo que les guardaba un respeto religioso porque tenía en su armario una sección dedicada exclusivamente a corsés, tan común en todas las mujeres, incluyendo a mis tías regordetas que en fiestas de salón optaban por cambiarse de ropa en la casa de mi abuela, que ahora es la mía. Cómo olvidar esos corsés haciendo frente a imposibles tareas de contención adiposa, esos gestos de fatiga tanto de las tías como de los corsés.

Aquellas veces en las que me escondía debajo de los manteles de la mesa, me quedaba deslumbrado por el fulgor de los zapatos de mi abuela. Eran zapatos tan estilizados como la complejidad del universo. Una tarde permanecí durante toda la sobremesa hipnotizado por los detalles de aquellas botas largas de tacón Luis XV, todo el contorno de la parte baja estaba cubierto de oro, desde el tacón hasta la punta; la delicadeza de la curva en el tacón era mágica, no podía creer que existiera tal maravilla para el uso cotidiano. Le daba tanta finura a mi abuela… Es que más que zapatos eran una obra de arte, una escultura hecha a base de piel y oro; la caña era de un verde muy tenue con bordados de enredadera, probablemente le llegaba a la pantorrilla o al muslo, no alcanzaba a contabilizar el total de botones redondos y dorados, porque mi abuela también contaba, entre su arsenal, con gente especializada en el planchado y lavado de sus botas florales y sus respectivos lazos, cuando requerían sujetarse por éstos.

La recuerdo imponente, de negro, estirando hacia mí sus largos dedos cubiertos por unos guantes de crochet blanco con un tejido que invariablemente me remitía a la espuma del mar, y sus penetrantes ojos fijos en los míos. Aquella tarde pensé que me iba a regañar, pero en su mirada vi una intención indescifrable, eterna como la vegetación que siempre acompañaba el bordado de sus botas, hasta que me dijo: *estira la mano… Esta cruz es tuya, nunca la vayas a perder*, lo expresó con su acento alemán, y así lo hice; desde ese momento coloqué en mi cuello la joya de tres colores: rosado, plateado y amarillo.

Después me comentó que esa cruz le perteneció a su abuela, lo cual convertía al dije en una reliquia familiar de mucho valor para mí. Además, estaba ornamentada con foliaciones de diminutas hojas que la envolvían, como si se tratara de una cruz de cementerio olvidada por los vivos, o una cruz forrada de selváticas hojas silvestres que decidieron posarse en ella para adornarla. Este nuevo elemento era una extensión más de mi cuerpo, en esta cruz se encontraban mis dos apellidos entramados como sus hojas. Mi genealogía. De mi cuello colgaba ahora mi historia familiar: de la Cruz y Schneider.

Los olores de mi abuela aún perduran en mi memoria, es como si hubiera vaciado en mi dije el recuerdo del concentrado de jazmines que ella usaba, y por eso aquel aroma me acompaña todos los días, posiblemente las hojas de la cruz sean de jazmín. Allí sigue la botella de cristal cortado, permanece intacta, desde su muerte, en la habitación de mi madre. He intentado tomar aquel perfume para untármelo de la misma manera en que se lo untaba ella: acariciando su cuello como si fuera un delgado pétalo de cristal; yo acaricio el mío igual, aunque con una pluma de cisne que me regaló mi madre. Pero he sufrido tormentosas reprimendas por intentar usar aquella volátil fragancia para hermosearme, *¡eso no es tuyo, eso es de tu mamá, un hombre no usa perfume de jazmines!* Si bien mi padre me impide usar el perfume de mi abuela, no sabe que yo lo huelo en mis recuerdos muy bien conservados en la cruz de foliaciones de jazmín que me regaló mi adorada abuela.

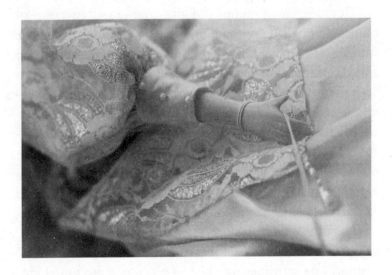

El lenguaje del secreto

De mi abuelo no recuerdo casi nada, sólo haberlo visto fumando y tal vez leyendo en su biblioteca. Solía ser tosco, muy brusco conmigo, se empecinaba en verme llorar desde antes de que yo hablara, después de haber ingerido cantidades exorbitantes de alcohol, como todos los demás días del año.

Cuando me reprendía, su voz me hacía sentir infinita vergüenza de mí, yo sabía que mi abuelo estaba al tanto de mis mayores secretos, lo cual me intimidaba como nada en el mundo. Esa era la razón por la que lloraba, porque él me exhibía frente a toda la familia, me gritaba para suscitar mi llanto y así él recibir el aplauso familiar, mientras para mí ese momento significaba ser despojado de mi disfraz, era desnudar mi cuerpo aún sin habla, mas no sin lenguaje, porque todo mi cuerpo estaba ya constituido de mis más profundos secretos, todo yo era un cuerpo de silencios. Mi lenguaje era el secreto.

Para él mi secreto era inexistente, en sus ojos veía que él ya lo sabía. Se ufanaba de haberme descubierto, se regodeaba y me reprendía severamente hasta llegar a las lágrimas de mi inocencia, se esmeraba en desproveerme de mis incipientes hojas, arrancándolas para cosificarme, para convertirme en un objeto digno del desprecio y el escarnio familiar. Me hacía llorar, principalmente, en cenas navideñas para ser elogiado por su virilidad, por la firmeza de su educación a mano dura y su cómica manera de tratar a sus nietos, con particular veneno hacia mí. ¡Qué deleznable hazaña destrozar mi pueril fragilidad de esa manera!

Decía a mis padres: *este niño va a ser sacerdote*. Durante años estuve rumiando con el recuerdo de aquella frase laberíntica que recientemente descifré en un sueño, en el que mi abuelo les dijo a mis padres: *este niño se llevará su secreto femenino a la tumba, por lo tanto, hallará maneras aceptables de rehuir a las explicaciones sobre por qué no es un hombre común. Un sacerdote no es cuestionado, porque es él quien dispone del cuestionamiento. El sacerdote es incuestionable. Este niño será sacerdote...*

No recuerdo haber obtenido algo bueno de él. Con mi abuela resultó ser un hombre con el que nadie hubiera deseado unir lazos de tan sólo ver el futuro en una esfera de cristal, pero su indudable gallardía y belleza la hizo caer en la telaraña del espejismo, me confesó una tarde a solas la razón por la que hizo su vida con él. *Tu abuelo regaló a los holgazanes de sus hermanos todos mis terrenos, así como los derechos de la casa de moda que con tanto esfuerzo fundé en Alemania. Ahora los desdichados viven con una cuantiosa fortuna que las generaciones más jóvenes despilfarran a manos llenas en lujos, en sospechosas sustancias que inhalan y en demás fruslerías.*

Mi abuela, revestida de aparente severidad, era una persona dulce, cariñosa. Principalmente con mis hermanos y conmigo. Es la mujer más noble que he conocido. Tuvo una vida complicada, me lo contó y me lo decían sus pupilas después blanquecinas por las cataratas.

Su madre murió cuando ella nació. Era la menor de cinco o seis hermanos. Su padre se llevó a todos los varones con él a trabajar en el campo, y a ella y a su única hermana, Ofelia, las llevó con su abuela, una costurera de escasos recursos pero muy trabajadora. Al no tener dinero, optó por ingresarlas a un internado para niñas huérfanas. Mi abuela rejuvenecía cuando me hablaba de él, se volvía una niña: *Era un castillo, un palacio gigantesco, con jardines y fuentes. Tenía a mis amigas, nos daban de comer muy poco, así que hacía favores a las monjas y me guardaban raciones adicionales de comida y pan que yo cenaba en las noches, entre los callejones oscuros del internado a la luz de la luna llena o a la implacable caída de nieve… Las niñas pulíamos el piso de madera por las mañanas, después de hacer ejercicio y haber desayunado. Me veía en el piso reflejada. Las mayorcitas nos daban consejos a las más jóvenes sobre cómo movernos al caminar, qué ejercicios hacer para tener cintura de avispa y cuerpo de mujer. Yo sólo seguía sus rutinas.*

Cuando era yo muy chica, jugando, una niña me clavó su lápiz muy cerca del ojo. Me enterró la punta y yo lloré como nunca. ¿Ves este lunar verdoso en mi mejilla? Es el color que me quedó tatuado por ese lápiz enterrado.

Al salir del internado, a sus diecisiete años, estudió Contaduría en una escuela de señoritas. Comenzó a trabajar como secretaria y luego como contadora. Con su primer sueldo compró a su abuela un fonógrafo nuevo, para evitarle, a sus casi cien años, caminar largos kilómetros antes de caer la noche para sintonizar la radionovela de la época. Mi abuela me cuenta que ella le agradeció y le dijo: *No gastes en mí, hija, cómprate tus vestidos, tus zapatos, tus perfumes, que los vas a necesitar en el trabajo*, y revestida en lágrimas le dio un beso en la frente a su nieta.

Al poco tiempo, su abuela murió. Así que Ewa y su hermana Ofelia, decidieron juntar dinero y emigrar a México, un país en donde, según los diarios alemanes, había muchas oportunidades de crecimiento para los europeos en la industria manufacturera, pues la Revolución Industrial estaba en pleno auge.

Mi abuela llegó a México con unos cuantos euros, los cuales invirtió para sacar a su familia adelante; al principio, malbarataba sus obras atávicas. Preferible el matrimonio con un ángel del inframundo, como lo fue mi abuelo.

Tal vez lo que más recuerde de mi abuelo sea su muerte. Un día lluvioso, nublado; todos de negro con bellísimos velos cargados de lágrimas secas y vestidos de luto. Recuerdo que en toda la ceremonia hubo tres mujeres de sombreros con *voilettes*, las más elegantes del entierro; supe que eran parte de la familia extendida pero ya no vivían, eran hermanas de mi abuelo que habían muerto muchos años atrás, me enteré porque las vi después en fotografías antiguas. Seguramente estaban también llorando el fallecimiento de su hermano, o lo estaban recibiendo en el otro mundo, pero aquí no había música como con los muertos de Ixtapan de La Panocha. Aquí habitaba un inagotable silencio acompañado de muy poco llanto. Tan silencioso era el ambiente como la huella que dejó en mi vida, una huella que se esfumó con el viento al momento de expirar. Pienso que tal vez hubiera convenido contratar unas plañideras, para darle sabor a su entierro. Pero no fue así, no merecía tan majestuosa escenificación.

Cuando mi tío Blaz le enseñó a mi abuela un busto que le mandó hacer a mi abuelo, ella sólo volteó al suelo, como sabiendo que crio a un cuervo, pues en los últimos años de mi abuela, ese tío, que era el de mayor riqueza, no se preocupó siquiera por tratar de hospitalizarla para su pronta recuperación, en vez de inquietarse por su madre se iba de vacaciones a su finca. Despreocupado. *Mi padre, me encargó tu bienestar, tu salud, madre, es por eso que vengo a verte hoy con estos medicamentos que te mejorarán.* Fue todo lo que dijo mi tío Blaz y antes de salir de la lóbrega habitación de mi abuela, ya estaba cobrándole a su otro hermano los gastos de dichos medicamentos.

Cuando mi abuela cayó en la premura económica, pues su enfermedad pulmonar la orilló a dejar el trabajo durante sus últimos años de vida y a gastar cuantiosas cantidades de dinero en su enfermedad, se vio también en la necesidad de reducir sus gastos, volviéndolos modestos.

El tío Blaz era el encargado de pagar la luz de la casa de mi abuela Ewa, sólo eso, a sabiendas de que la salud de su madre empeoraba. Una noche, en su habitación, mi abuela se percató de que no tenía luz en su casa. Confundida y preocupada, confiada en su memoria, emprendió el camino hacia la cocina para ingerir sus medicamentos… Su memoria no fue suficiente para iluminar sus pasos. Tropezó con el cable de su tanque de oxígeno, abalanzándose todo el peso de éste sobre el inerme y endeble cuerpo de mi abuela Ewa.

Al día siguiente, mi madre, en sus visitas diarias, la halló tendida en el suelo, inconsciente. Por milagro de Dios el tanque de oxígeno estaba lejos de su cuerpo, como si un ángel lo hubiera aventado, rodado, del cuerpo de mi abuela.

Mi abuela Ewa sobrevivió ante el catastrófico accidente. Había sobrevivido al sutil ataque de la infamia de su hijo, quien había dejado de pagar la luz por varios meses, con excusas indecibles explicadas a mi madre, pero la salud de mi abuela, ya de por sí deteriorada, empeoró aún más por el golpe que quedó en su cuerpo, en sus ojos había una infinita tristeza por ver las acciones de su hijo hacia ella, al igual que en la mitad de su rostro, sellado temporalmente por una sombra violeta que representaba la ingratitud y que inevitablemente apergaminó su mirada.

Palacio de misterios

El aviario de semejante tamaño, naturalmente se vio perjudicado por el viaje trasatlántico de mi abuela, por lo que acudimos al señor arquitecto Adamo Boari, quien amablemente contrató a especialistas en herrería y restauración. El resultado fue aplaudido por ser tan impoluto, tan impecable; los especialistas enmendaron el aviario convirtiéndolo en un verdadero palacio entre gótico y *art nouveau* celosamente bruñido de diafanidad. Cada línea curva, cada esquina, dotaban a aquella estructura de latón de un poderoso y laberíntico enigma indescifrable. Gracias a sus ornamentos me deleitaba todas las tardes observando científicamente el comportamiento de aquellas majestuosas vidas volátiles que con el tiempo habitaron ese palacio de misterios; era un océano pletórico de cuerpos plumíferos.

Tanta era mi fascinación por aquel jardín de pájaros, que un día decidí tomar las llaves de la puerta por donde todos los días Adolfa se metía para realizar las labores de limpieza al interior. Les hablaba como a las plantas, con mucho cariño: *mis petirrojos preciosos, ya llegó su mamá… Sí, mi amor, ya te voy a dar de comer, chiquito, espérame tantito, déjame terminar de limpiar… A ver, abra su piquito, mi amor.*

Los más ruidosos eran los pericos atoleros, al igual que los aztecas; me impresionó sobremanera la primera vez que los escuché platicar entre ellos, tenía entendido que los animales no hablaban pero al parecer éstos sí, se entendían muy bien, aunque sus diálogos se basaban en el té o en indiscreciones como las que Adolfa vociferaba.

Cuando las telas eran llevadas a mi casa por encargo y los comerciantes tocaban la aldaba de león en el portón principal, se escuchaba a los pericos gritar *¿Quiééééén?*, y los pobres comerciantes, después de varios intentos, se desgastaban la garganta anunciando quiénes eran; casi siempre mis padres, un tanto avergonzados, les ofrecían un vaso de agua al entrar para que los agobiados comerciantes no quedaran afónicos... *Es hora del tééééééé*, gritaban los pericos, como Adolfa, hasta tenían un tono similar, más afinado que el de ella. Hasta eso nunca los vi tomando té, yo creo que sólo querían fastidiarme, o simplemente que les llevara un poco de té.

Un día, decididamente opté por cumplirles su capricho. A la hora en que el agua hirvió, me dispuse a verterla en la tetera de porcelana y me llevé tres tacitas con sus respectivos platos, todo en la charola platinada. Abrí el aviario para ir por el taburete y una mesita para sentarnos a platicar y tomar el té, se me hacía curioso cómo agarrarían con sus garritas las tazas para beber, tal vez por sus picos no se quemarían, menos aún el tucán, seguramente los pericos señorita, muy modositos, como Rutilio, tomarían el té a mi lado, sentados con las piernas cruzadas.

Cuando fui por el taburete y la mesita, vi de pronto a mis espaldas una gigantesca sombra: una ola de pájaros saliendo del aviario como lava del volcán, revoloteando por toda la casa: palomas blancas, múltiples cotorros, urra-

cas copetonas de un azul más vivo que el topacio; tucanes, venturas, cuitlacoches, zanates. Todos volaron por los altos, en el camino hasta tiraron los tibores de mi abuela. Era un verdadero espectáculo el que estaba viendo, sentí que volaba como ellos, entre ellos. Les aplaudía sonriente. Entre todas las aves liberadas, llamaron mi atención las alegres golondrinas, pero chiquitas, no como la golondrina difunta en la procesión de Ixtapan de la Panocha.

De pronto sentí cómo una parte de mí moría, pero no era una muerte lúgubre, era una muerte que me trasladaba a un sitio nuevo, desconocido, que hasta ese momento se revelaba en mí, haciéndome volar entre todos esos pájaros. Era un nuevo yo, un yo alado, un yo como el perico señorita pero con incandescentes llamas. Era el ave fénix expandiéndose en la inmensidad del cosmos.

En ese momento aprendí el lenguaje de los pájaros, el de la libertad, entre mis amarillos y flameantes brazos con plumas, como hojas de roble en primavera. Mi cuerpo estaba forrado en llamas de oro, todo yo era una hoguera dorada envuelta en llamas de la rareza, de lo incomprendido. Esa jaula que abrí era mi ser, mi sueño, mi esencia enjaulada; encarcelando entre sus rejas mis propias luciérnagas, como las de la vaca. Ahí entendí que esos insectos eran proliferaciones estelares y, sin darme cuenta, al abrir la jaula liberé mi alma femenina; un alma que, por ser incomprendida, era atacada.

Naturalmente, fui castigado por dejar salir a todos los pájaros. A hurtadillas, ingresaba en el palacio de las aves y ahí me quedaba por muchas horas viéndolas cantar y, si bien se veían alegres, no se respiraba la misma atmósfera del día en que las liberé. Ese día cantaron con más empeño, con mucho más ahínco, podía escucharlo en sus voces agradecidas. Y yo revoloteaba celebrando su salida, su libertad, que al mismo tiempo era la mía.

142

Un doble

Me encerraba por las tardes en mi habitación para jugar
con los juguetes que me regalaban año con año en mis
cumpleaños. A los que recurría con mayor frecuencia eran
una leona de madera, un pájaro y un perro de peluche y
soldados varios de plomo. Entre ellos acontecían largas
historias de engaños, naturalmente, los diálogos ocurrían
sólo en mi mente para no levantar la menor sospecha de
que mis juegos no eran de luchas, sino de intrigas.

Pero en uno de mis tantos deberes de la escuela de parvulitos, la educadora que tenía en aquel entonces encargó
al salón una encomienda que me colmó de dicha. Nos
pidió hacer para la siguiente semana un muñeco que fuera
idéntico a nosotros. Un doble. Al llegar a mi casa, le conté
a mis padres sobre la hazañosa encomienda.

Mi adorado padre me ayudó a armar el cuerpo del
muñeco durante todo el fin de semana. Los resultados fueron asombrosos. Cuando lo vi, mi corazón palpitó a velo-
cidades apabullantes. Leonardo (porque se llamaba igual
que yo) era de mi tamaño, ¡estaba vestido con mi ropa!
¡Era mi reflejo! Mi padre le puso uno de mis trajes de marinero, incluso tenía el sombrero como parte de mi adora-

ble conjunto *navy blue*. También tenía cabello, estaba hecho de hilos de estambre, sólo que era un tanto más largo que el mío. Sus ojos estaban conformados por dos sospechosas canicas negras, que me hacían pensar que Leonardo realmente poseía un alma.

Tras haberle mostrado mi gratitud a mi padre por ayudarme a hacer a Leonardo, inmediatamente tomé de la mano a mi alma gemela y lo llevé a mi alcoba. Nos sentamos detrás de las cortinas. Toda esa tarde platicamos hasta el anochecer.

—...

—*Ay, muy a la orden, tú también tienes muy hermoso cabello. Y ese traje de marinero te queda estupendo, se te ve espléndido.*

—...

—*Sí,* navy blue *es el color. Ay, qué curioso, ¡qué bien hablas el alemán!*

—...

—*Bueno, yo lo he ido perdiendo porque en la escuela y en las calles se habla más español, por eso lo he dejado de practicar, pero tal vez contigo pueda retomarlo. Además, el alemán va muy bien con tu atuendo, te ves muy apuesto.*

—...

—*Sí, Leonardo, yo también creo que te verías aún más apuesto con un poco de color en tus mejillas, al igual que en tus labios.*

—...

—*Sí, yo sé que quieres tener tus labios como los míos, encarnecidos y encarecidamente rojos. Pero no te preocupes. Mira, justamente estaba pensando en traer un poco de colorete y bilé. Voy rápido por él, porque están un poco escondidos. No me tardo, no te muevas.*

—...

Al día siguiente lo llevé a la escuela. Cuidé que mi madre no pusiera mucha atención a Leonardo, coloqué su cabello alargado sobre su rostro durante todo el camino. Al llegar al salón, todos los niños quedaron pasmados por la hermosura de Leonardo, de mi Leonardo, a la mía ya se habían acostumbrado. Provoqué muchas envidias, porque los demás muñecos eran un tanto insignificantes, había incluso unos modestos muñecos de cartón, pero Leonardo era impresionantemente más real, no sólo tenía volumen, parecía incluso tener entrañas, poseía mi estatura y mi complexión, mis ojos, mi ropa, su cuerpo era más que semejante al mío, era idéntico.

La educadora no fue ajena al impacto que le causó Leonardo. También ella quedó pasmada.

Durante todo el día lo senté a mi lado, parecía que también estaba tomando clases, aparentaba ser verdaderamente un alumno más, sólo que él y yo éramos los más adorables de todo el salón. Juntos nos veíamos inusitadamente hermosos. Sobre todo por sus indiscretas pestañas, las cuales yo pinté con delicadeza, al igual que sus ruborizadas mejillas que le daban un aire de ingenuidad, de recato, poseía una apariencia tan decorosa y recatada como la de Rutilio Buganvilio; y, por supuesto, sus pigmentados labios rojos, tan rojos, tan vivos, que parecían esbozar un ósculo a cuanto niño se le atravesara.

Le contaba mis secretos, pasábamos interminables horas platicando. También me gustaba interpretar con él historias de un dramatismo sin precedentes. Yo inventaba las historias de tal manera que terminaba, inexorablemente, dándole tremendas cachetadas, como las que a menudo veía en las obras de teatro. Me encantaba ver sus cabellos de estambre volar por los aires, me invadía una emoción que hasta me hacía temblar. Faltaba el menor pretexto para agitar su escandalosa cabellera. Una y otra y otra cachetada, y otra más, ya sea porque lo había descubierto engañándome con mi esposo o porque había revelado que la madre de sus hijos era una embustera ladina, como cuando me contaba Adolfa sus penas familiares. Enseguida, Leonardo me devolvía la cachetada y yo me veía en el espejo, para observar con el mayor detenimiento mi cabellera volar por los aires, como la de él, irrumpiendo en la parsimonia, en la quietud de mi alcoba.

¡Qué días aquellos! Incluso nos llegamos a tirar de las escaleras como parte de nuestras ejemplares actuaciones, y nuestras cabezas se volvían enjambres de estruendoso pelo, cabelleras que desafiaban la gravedad. Más su pelo, porque el mío siempre ha estado muy corto y muy bien peinado, siempre de ladito, aunque, cuando nadie me ve, yo aprovecho para adornarlo con un redondísimo bucle sobre mi frente. Si alguien me pregunta qué tengo en la cara, yo disimulo total desconocimiento, *tal parece que el viento me ha despeinado*, finjo sorpresa ante mi supuesto desaliño tan perfectamente acomodado. Me parece que alcanzo la cúspide de mi belleza con ese bucle prohibido, que he aprendido a hacer con la premura de lo indebido.

Las historias entre Leonardo y yo estaban repletas de interminables intrigas, efervescentes desamores y muchas, muchas infidelidades. Con el paso de los días, quizá meses, sus cabellos se le fueron cayendo, yo intentaba pegárselos, pero cuando lograba adherir uno, ya se le habían desprendido otros tres.

Poco a poco fui testigo de la muerte de Leonardo, mi doble, mi extensión. Sus ropajes de marinero fueron también entristeciéndose con el irremediable clamor del polvo, de la mugre, del tiempo que no perdona.

Circo Orrín

Me fascinaba ir al Circo Orrín, veía grandes espectáculos de malabaristas y payasitos con un jardín de olanes alrededor de sus cuellos, bailarinas haciendo acrobacias por los aires con sus trajes entallados de alucinantes brillos incrustados, coloridos arlequines disparados de cañones gigantes, desafiantes hombres que metían su cabeza en las fauces de un feroz tigre, gitanas expertas de la nigromancia con sus oráculos mágicos, bolas de cristal que adivinaban el futuro; hombres en altísimas bicicletas de delgadas ruedas gigantescas, preciosas damas en corsé y tutú color rosa volando por los vientos para luego ser recibidas por un ornamentado elefante, mientras de un cañón salían disparados pétalos de flores rojas; hombres que, como dragones, escupían fuego de sus bocas; funámbulas, con divinos sombreros emplumados, por las alturas atravesando el circo de extremo a extremo, ¡suspendidas en un hilo!

Mi corazón, entre suspiro y suspiro, pendía del mismo hilo.

Pero el acto más sorprendente era cuando el mago se colocaba al frente del escenario con una caja que albergaba en su interior a una joven elegida al azar de la primera fila del público, la cual sería partida en dos sin mostrar el menor gesto de dolor.

La apabullante escena me estremecía, me dejaba pensando cómo ocurría semejante separación del cuerpo sin ningún dolor: las piernas pataleaban por un lado de la caja, y por el otro la cabeza de la mujer sonreía mientras el mago estaba en medio de las dos partes separadas.

Me imaginaba por las noches todas las posibilidades que podrían ocurrir al interior de aquella caja mágica capaz de modificar los cuerpos; recreaba cautelosamente esas imágenes entre las hendiduras del cortinaje de mi dosel, sin lograr conseguir respuesta alguna.

El mago era un verdadero cirujano del cuerpo humano, estaba seguro de que si lograba pasar al escenario, podría ejercer sobre mí sus mágicos poderes para separarme de mi cuerpo actual y reemplazarlo por el de mi muñeca Neblina, o bien, el de Alicia. Al menos combinar los cuerpos de ellas con el mío. Mi cabeza no me gustaría cambiarla, me gusta mucho porque mi semblante es angelical, nadie en el planeta Tierra posee las pestañas que yo poseo, mis pestañas son inigualables, irrepetibles; si volteo a ver el sol, mis pestañas acarician las nubes con un guiño. Mi cabeza está bien así, sólo quiero tener el cuerpo de Neblina o, bueno, también su cabellera. Incluso pensé en el cuerpo de la bailarina de la caja musical, así por fin lograría el *arabesque* que tanto me gustaba hacer frente al espejo. Mi cuerpo entero se volvería un arabesco femenino y yo finalmente podría jugar a ser Neblina con mi hermano, una Neblina de verdad. Aunque posiblemente mis piernas quedarían abiertas en triángulo de por vida, pero no importaba eso; estaba dispuesto a tener las piernas abiertas, a ser buscona suripanta, con tal de habitar ese otro cuerpo.

149

Lo mejor de todo era que, si lograba convencer al mago, mi cambio de cuerpo no sería doloroso, al contrario, yo me mostraría diligentemente sonriente como las mujeres separadas de su cuerpo en el escenario.

Tengo miedo de crecer y parecerme a mi padre, o a cualquier hombre: barba, bigote, cuerpo ancho, tosco, voz grave... Tengo miedo de convertirme en un hombre indeleble. Aún puedo frenar el tiempo y madurar como un peral contorneado y dulce. Mi cuerpo actual me gusta, lo que no me agrada es la forma en la que me trata el mundo, cómo me ven. Tal parece que nací estando atado, como la corbata de mi padre, a un lugar que le pertenece exclusivamente a los hombres, un lugar en el que nadie me preguntó si ahí quería yo estar. Ese trato culminaría si tan sólo tuviera el cuerpo de alguna de ellas.

La siguiente vez que fui al circo, le pedí a mis padres que nos sentáramos en primera fila. Tenía entre mis manos sudorosas a Neblina porque sabía que se acercaba el acto del mago. Cuando los faros lo alumbraron anunciando su número, él se dirigió hacia la zona donde estaba yo sentado; desquiciadamente comencé a gritar: *¡Yo, yo, yoooo!*, mis padres me voltearon a ver extrañados y avergonzados, como el mago mismo, quien tomó la mano de la joven mujer que estaba sentada junto a mí. Del coraje, le puse el pie y la tonta cayó al suelo levantando una nube de polvo, sonó un silencio aterrador, acompañado de algunas exclamaciones de susto entre los espectadores del circo. Estaba profundamente enervado, mi sangre hervía más que la mismísima lava. El número continuó y mi padre, desconcertado, me apretó fuertemente del brazo; mi madre me preguntó por qué actué de tal manera.

Al finalizar, les dije que tenía que ir con el mago a excusarme por mis arranques, lo cual era mentira. Lo vi a lo lejos, me dirigí rápidamente hacia él mientras se adentraba hacia los camerinos, tiré de su capa enorme de terciopelo rojo: *Señor mago, le pido me disculpe por la manera en que me porté hace unos minutos, no fue mi intención, yo sólo quería pasar para pedirle atentamente… le ruego me cambie el cuerpo al de ella, de Neblina. Métame a su caja mágica y fusione el cuerpo de ella con el mío, por favor, se lo pido.*

Cuando le pregunté, soltó una carcajada que me partió en un millar de pedazos. No dijo nada, sólo desapareció entre los telones, como una bruma espesa. Esa risa significaba que jamás me ayudaría, tal vez si no hubiera actuado tan impulsivamente me hubiera auxiliado para cambiar mi cuerpo…

Navaja de afeitar

Me sentí profundamente desahuciado ante el desdén del mago. Lloré toda la noche en mi alcoba.

En mis cartas a Santa Claus, a los Tres Reyes Magos, año con año les pedía espejos, peines, cabello largo... Todas las noches rogaba a Dios amanecer mujer por fuera, pero parecía no oír mis plegarias, pues cada mañana lo primero que hacía era asomarme debajo de la pijama para ver si a mi pequeña rosa ya se la había llevado el viento. Pero no, tristemente ahí seguía, arraigada a mi entrepierna. Esperaba que ese pajarito algún día volara... aunque tenía más bien forma de crisálida, pensaba que un día se abriría y de ahí saldría una mariposa volando. Pero nada de eso sucedió.

La misma noche en que el mago me desdeñó, me surgió una idea definitiva. Me levanté de mi lecho, limpié mis lágrimas y me dirigí hacia el baño de mis padres, ahí estaba la navaja con que mi padre se rasuraba. La tomé y silenciosamente regresé a mi aposento, desnudé mi cuerpo y abrí el grifo de la tina que lentamente se iba llenando con agua caliente. Un calor melódico inundaba la bañera con ondulaciones de humo que cortaban la imagen de la habitación, creando un espejismo de lo opuesto, en el que todo lo sentía al revés, una atmósfera femenina me invadió, era al mismo tiempo la sensación de la despedida, de un «no hay vuelta atrás».

Entré a la tina, vi mi entrepierna con mi crisálida flotando en el agua, mi pequeño amigo del que tenía que despedirme; al desprenderme de él lo resguardaría en un frasco de formol debajo del dosel porque es de una preciosidad inaudita, permanecería eternamente en su nidada, joven por siempre.

Abrí la navaja de mi padre, coloqué una toalla en mi boca para ahogar el dolor que me suscitaría volverme Neblina, volverme Alicia, volverme bailarina. Con la mano izquierda lo sujeté estirándolo, apreté los ojos mientras lágrimas de jazmín escurrían por mis mejillas; con la mano derecha metí la navaja al agua caliente...

De pronto escuché a alguien abriendo la puerta: Adolfa. *Mi niño, ¿qué haces despierto a estas horas?, ¿te vas a bañar ahorita?*, me dijo en un prolongado bostezo, yo aventé la navaja por el desagüe, antes de siquiera rozar mi piel. Le dije que tenía frío y que se me ocurrió darme una ducha caliente.

Había fallado en el intento.

Al día siguiente, mi padre me preguntó para qué había tomado su navaja la noche anterior, pues en cuanto salí de su baño, él entró y no la vio en el lavamanos. Negué sus sospechas, le mentí. Le aseguré que no la había tomado yo, pero no me creyó porque la había utilizado antes de irse a dormir.

Dados mis comportamientos inusuales y el temor de mi padre por que tuviera bajo mi dominio su navaja, decidió llevarme con el psicoanalista Enrique O. Aragón, quien después de varios meses de terapia adivinó mis secretos.

Mandó llamar a mis padres. Al ingresar a su consultorio, mientras me pidieron esperar sentado afuera, rápidamente me pegué a la puerta de madera para escuchar lo que les iba a decir: *Su hijo tuvo un intento fallido de emasculación... Esto quiere decir que... intentó mutilar sus órganos sexuales, pensando que de esta manera podría invertir su cuerpo al del sexo femenino.* Lentamente me fui alejando de la puerta hasta desvanecerme en el sillón por el peso de la gravedad. Sentía que las paredes de la sala de espera se venían sobre mí como una avalancha devorándome.

Entrevista

15 de febrero de 1926

Llego al mediodía a la casa de la poetisa Cayetana, el sol ilumina los jardines cincelados con sombras, y entre las sombras florales aparece Cayetana, alta, delgada, con un vestido de transparencias color hueso que llega al suelo y arrastra profusamente acariciando el corredor que la dirige hacia mí. Parece una ilusión, como si tras su andar fuera dejando el rastro de su pasado, impregnando sus pasos previos de una esencia temporal.

Su cuello está rodeado por una gargantilla de piedras oscuras, azuladas, zafíreas, que impactan como reflectores alrededor de su semblante. No obstante, en sus ojos permanece una especie de derrota.

Disimulo.

J: Buenas tardes, Cayetana, vengo muy ansioso por escucharla, por saber el contenido del escrito que me dijo estaba redactando la última vez que nos vimos.

Sin mostrar un eco de mi comentario, simplemente me señaló la entrada hacia su casa. No hablamos en todo el camino hasta llegar al hall. *Su silencio me petrificó. De manera autómata, comenzó a hablar. Yo simplemente saqué de mi portafolios, mi libreta y mi bolígrafo.*

C: Sabes, querido, hace algunos meses, cuando fui al nuevo departamento de María Izquierdo y Lola Álvarez Bravo, quien por cierto se separó de Manuel porque éste le era infiel, platicamos acerca de las injusticias arremetidas contra nosotras, contra el sexo que injurian débil con vejámenes de todo tipo. Esa tarde quedamos de ir la semana entrante a Ixtapan de La Panocha para tomar fotografías, quería mostrarles aquel poblado mágico en donde había salvia por todos lados, no sé si sepas, pero María Izquierdo hace sus sombras cosméticas a base de salvia y me estaba enseñando a prepararlas.

Una vez ahí, las convencí de ir a conocer a Felisindo, a quien tenía más de diez años de no ver. Me encontré con su casa terriblemente abandonada, parecía un vestigio de adobe. Al preguntar por él, me dijeron que don Felisindo había muerto hacía más de cincuenta años, que fue el último en «llevarse» un tal Ernestino, el otrora presidente municipal, lo cual me impactó sobremanera, pues quería decir que toda mi niñez fui cobijada por un fantasma. Una a veces aprende más de los muertos que de los vivos…

Y bien, el *Manifiesto de la Mujer Dual* dice así:

Desde que me inicié en el feminismo, he sido rechazada por las que se supone son mis hermanas de lucha. ¿Bajo qué precepto es que han decidido rechazarme? Bajo el precepto biologicista en el que se considera al sexo de las personas indiscutible e irrevocablemente determinista para su vivencia, omitiendo el albedrío que caracteriza al ser humano, anulando su raciocinio y, lamentablemente, su psiquismo.

Partiendo de este precepto reductivo, lo único que estas mujeres hacen es fomentar el patriarcado y la supremacía machista encubierta de una causa feminista; básicamente están siendo soldaderas ciegas que luchan por marcar las diferencias biológicas entre el sexo masculino y el femenino, estereotipando comportamientos a su conveniencia, excluyendo a las personas que no pertenecemos a su binariedad, invisibilizándonos, obstaculizando nuestra participación social, aplastándonos con difamaciones.

No, no soy hombre. Si hay algo de lo que tengo certeza es de no ser hombre, no elegí nacer con determinada genitalidad, así como ellas tampoco. Y eso no nos impide definirnos como mujeres.

El nombre que hoy utilizo, Cayetana, es el nombre de mi persona, el de mi naturaleza humana, el que yo elegí porque elijo ser nombrada como mujer y nadie puede impedirme enunciarme mujer, NADIE.

Si tuviera la posibilidad de cambiar mi cuerpo, no estoy segura de querer hacerlo, porque, si bien, no me considero hombre, tampoco rechazo mi cuerpo, y el género no se conforma por el cuerpo, sino por el pensamiento, por la identificación psicosexual. Mi cuerpo me gusta, lo disfruto. Soy una quimera, soy una persona que no pertenece de lleno a lo binario, a la polarización del género; soy un espíritu con inclinaciones al universo femenino, me gusta ser tratada como mujer, tal vez me gustaría tener la biología completa de una mujer, pero hubiera preferido nacer con ella; cambiar mi anatomía a estas alturas me resultaría más difícil de lo que es ya cargar con todo el odio y el estigma inmerecido. Es el peso de ser libre, la señalización y el odio del que soy receptáculo por el simple hecho de ir contracorriente.

No descarto la posibilidad de modificar mi cuerpo, si es que algún día es posible… Mi cuerpo, así como es, es hermosamente andrógino, porque la androginia es parte de mí, es como si mis portentosas curvas se hubieran ido formando por mi psiquismo. No se me puede encasillar en un solo género porque mi vastedad es tal que me resulta insuficiente vivirme solamente bajo un régimen binario. Los océanos no necesitan género para cumplir sus funciones, los agujeros negros tampoco, simplemente habitan, se estremecen, se exaltan, se apaciguan, devoran galaxias, dan vida a espacios desconocidos. Las estrellas no poseen un solo género; pues tampoco lo poseo yo. Yo soy una mujer inclasificable, yo simplemente me vivo sin ataduras, sin barreras que me impidan extenderme como cruz flotando sobre los mares, o recostarme debajo de una jacaranda para ver la luz del sol entre sombras moradas, o sentir la frescura del pasto, el viento acariciando mi piel...

Dejémonos de estereotipos, el enemigo aquí no es la persona dual —aquella que se identifica como hombre y mujer, o con ninguno de los dos, o más con uno que con otro, como es mi caso—, el enemigo aquí es el patriarcado.

Independientemente de esto, compartiré mi opinión con respecto a hombres en el feminismo: no todos son bestias violentas. Y lo menciono no porque yo sea uno, sino porque mi vivencia transversal me ha permitido tener la fortuna de ver el mundo a 360°, como hombre y como mujer. Pero este asunto habré de tratarlo en otro momento, solamente quiero aclarar que no porque se me haya asignado —impuesto— el sexo masculino, quiere decir que yo sea hombre.

Como mujer dual, defiendo los derechos de las mujeres y de las personas duales al igual que yo. Y esa misma clasificación barbárica por la que he sido brutalmente descalificada me ha hecho ser más sensible, mucho más susceptible de las etiquetas, por lo que entiendo el rechazo que sienten los hombres que defienden la causa feminista, repito, aunque no sea yo un hombre. Para ser una verdadera feminista no se puede ver el caleidoscopio sólo del lado que me favorece más, es necesario ver todas las aristas del caleidoscopio para poder entender las vulnerabilidades alrededor de las personas con circunstancias distintas a las mías, principalmente cuando aquéllas son menos favorecidas que las propias.

Uno de ésos lados del caleidoscopio, llamado naturaleza humana, es el mío: uno muy poco visibilizado y que poca gente alcanza a vislumbrar, ya sea porque no pertenecen a este sector dual o porque el machismo les consume, les corroe. Empero, aquí estamos, existimos y no nos vamos a quedar calladas, no vamos a ser pisoteadas por preceptos arcaicos y patriarcales porque merecemos nuestro lugar. Nos la hemos visto muy difícil, y en el próximo siglo, si es que homosexuales y lesbianas llegan a ser un tanto más aceptados, me atrevo a decir que seremos todavía más atacadas que ellos.

La sociedad, al no entender, al no aceptar que hay posibilidades más allá del rosa y el azul, al desconocer, y por ende temer, nos limita, nos invisibiliza, nos quema, nos mata vivas, y nos asesina tanto en sentido figurado como literal: nos matan al privarnos denigrantemente de nuestros empleos, arrojándonos a la prostitución como único medio de salvación, de subsistencia para no morir de hambre, porque piensan que las mujeres duales nos merecemos vivir en la oscuridad, albergadas en la noche para no ser vistas; resultamos ser también la vergüenza familiar; y la muerte de forma literal… sobra decir los sanguinarios crímenes que se cometen contra nosotras sin que las autoridades siquiera se tomen el tiempo para hacer las averiguaciones correspondientes, simplemente tiran nuestros expedientes de homicidio doloso al basurero, porque «al fin, nadie vino a reconocer su cuerpo… al fin que no se sabe si es hombre o mujer… al fin que es prostituta». Pero hoy nos pronunciamos, hoy exigimos respeto, trato digno. Y nadie nos va a negar. Si yo me quiero considerar mujer, me consideraré mujer porque es mi cuerpo, mi vivencia y mi identidad; al igual que si opto por identificarme como persona dual. Y lo mismo si alguien desea considerarse hombre.

Repito, hay particular saña contra nosotras, las mujeres duales. Una mujer a la que se le asignó el género femenino al nacer tiene el «permiso» de la sociedad para ataviarse como ella así lo desee: con prendas de hombre o de mujer… Pero yo, nosotras: «no, jamás, impensable, es necesario darle el voto de castigo por osar vestirse con ropa de mujer, el castigo por ataviarse como le plazca, porque es un hombre disfrazado y, debajo del escenario, en la vida real, un hombre no puede atreverse a pisar la acera con tacones, vestidos, sombreros emplumados, medias. No.»

Por esa razón es que me he sentido como una marioneta, un títere; porque por muchos años obedecí las reglas morales, acaté sumisa las órdenes de la sociedad, pero me estaba asfixiando. Es como vivir en una pecera, y además, sin tanque de oxígeno. Así viví por más de un cuarto de siglo, pero hasta hace poco me he dado cuenta de que ésa no era vida. Estaba habitando una artificialidad, un teatro de horror. Decidí desprenderme de mi traje masculino-escénico. Me desnudé para mostrar a la mujer que llevo dentro. Esto me costó empleos, he tenido tres empleos en tres empresas, dos de las cuales son las más poderosas del mundo.

En mi último empleo, al ver que era una compañía que celebraba mis éxitos, comencé a sentirme cómoda, decidí que tal vez sería buena idea dejar mi disfraz de hombre y empezar a mostrarme como realmente soy. Comencé por pintarme los labios, y no pasaron ni dos meses cuando decidieron inventar que mi desempeño no era el deseado como para permanecer en el puesto, me lo dijeron dos semanas antes de correrme en mi sexto mes. ¿Usted, lector, cree que de no haber tenido el desempeño deseado hubiera durado esos seis meses?, ¿cree que hubiera durado siquiera un mes, tratándose de una de las más poderosas empresas del mundo en la actualidad?

Esta fútil empresa que lleva el nombre de un afluente río en Sudamérica, se jacta de ser una compañía de revolucionarias ideas, de la inclusión y la diversidad, pero me queda claro que eso es sólo propaganda, hoy en día está muy de moda la diversidad para vender, como si fuéramos un producto más: somos un objeto más, somos cosificados con propósitos mercantiles —no sólo en las calles—, como si eso nos ayudara realmente… Sobra mencionar que mi desempeño ahí fue impoluto, tuve excelentes comentarios por parte de mis clientes internacionales, pero mis superiores fingieron ceguera ante aquellos reconocimientos.

Tal vez se preguntará por qué no levanté una demanda: al tratarse de esta empresa, una persona en circunstancias como la mía difícilmente va a poder ganarle a ese monstruo. Por otro lado, en el mundo privado suelen tachar de por vida a aquel que se subleva para que no obtenga posteriores empleos, es el castigo por levantar la voz. Además, necesito conservar mis pocos ahorros y debo destinar mi tiempo a encontrar un nuevo empleo. Tal vez cuando lo tenga pueda poner en marcha una demanda, pero antes no. Ese despido injustificado ocurrió hace ya casi medio año, todo lo que ahorré lo he estado utilizando en estos seis meses para subsistir, lo estoy invirtiendo en este volante que usted, querido lector, tiene ahora en sus manos.

Si algo aprendí de la experiencia que comparto, es ser fiel a mí misma, a no moldearme como el mundo quiere verme. Por desdicha, hay un precio que nosotras debemos pagar. Esta paga tristemente es histórica. Heliogábalo, emperador romano, gustaba de maquillarse, ataviarse con prendas femeninas, se involucró sexualmente con varios hombres, se casó públicamente con otros, sin importar las consecuencias; incluso anhelaba con fervor cambiar su anatomía por genitales femeninos, ofreciéndole dinero a los médicos; todo esto causó el desprecio de su abuela, del senado romano y de la guardia pretoriana. Ella y su ejército lo traicionaron: fue condenado a muerte. Al darse cuenta, huyó con su madre, quien lo protegió hasta el último de sus días. Fueron descubiertos y cruelmente degollados para después ser desnudados y arrastrados por la ciudad. Tiraron el cuerpo de la madre a mitad de camino, el del joven Heliogábalo, de tan sólo dieciocho años, lo aventaron al río para después borrar todo registro de que él fue algún día emperador romano. Emperatriz, haciendo caso a sus verdaderos deseos.

El precio que yo debo pagar es el del ostracismo, la discriminación, el desempleo... Desde que fui despedida sigo manteniendo irradiantes mis labios pintados, mi arreglo personal: las causas de mi despido. Posiblemente por esa razón es que hoy sigo sin empleo pero, ¿sabe algo, querido lector?: primero muerta que volver a subirme a aquel escenario ataviada con el disfraz masculino del que me desprendí por mi arbitrio. Ahora vivo mi propia obra: mi vida misma. Y no importa si debo morir famélica —o decapitada, o en un río— porque lo haré maquillada, despampanantemente ataviada y con dignidad, con la certeza de no haber sido vencida, derrotada, sino de haber salido victoriosa de una batalla que ya no me tocará a mí luchar, pero sé que en algo habré contribuido para futuras generaciones —espero—. Y eso, estimado lector, causa una dicha profunda, un orgullo inefable: es ésa la verdadera lealtad.

Cayetana de la Cruz y Schneider

Hoy no me siento dispuesta para continuar con tu entrevista. Tendrás que disculparme, querido...

Encerrada en la demencia

Preferí pasar mis días
encerrada en la demencia,
era mi mayor urgencia
cubrirme en zonas umbrías;
bajo neblinas sombrías
hallé en tinieblas refugio,
rodeada de mis murmullos,
envuelta yací en mi velo.
Volviéronse mis anhelos
eclosionados capullos.

V

Leonora

Me encontraba de bruces en el aposento de mi hermano Leopoldo, dibujando en mi cuaderno a Neblina con mi lápiz marca Mongol. Escuché que se dirigían mis padres y Leopoldo hacia donde yo estaba, inmediatamente me escondí detrás del sillón, guardé silencio para ocultarme a la perfección sin ser descubierto. Cerraron la puerta y noté un ambiente de seriedad.

Leopoldo, tu padre y yo tenemos que contarte algo... Mira, después de tenerte a ti, un año después, pensamos que sería bueno que tuvieras una hermanita... Mi embarazo iba por muy buen camino, pero... a la hora del parto, en cuanto me dijo el médico «es una niña», me alegré tanto... por fin tendrías una hermanita, el sueño de tener una hija se había realizado, aunque...

Recuerdo que esos fueron los minutos más agobiantes de toda mi vida. Profundamente agotada, después de dar a luz, esperaba ansiosa escuchar la voz de Leonora, como habíamos decidido llamarla; anhelaba oír su llanto fuerte que me proveyera de tranquilidad... pero esa paz jamás llegó.

Angustiada, les preguntaba a los médicos, a las enfermeras, qué pasaba con mi hija, por qué no lloraba... Había un silencio estremecedor en la sala de parto, nadie hablaba, nadie me respon-

día, sólo alcanzaba a escuchar cómo los pasos de los especialistas iban disminuyendo su velocidad, como si lentamente estuvieran perdiendo una batalla... Mis temores se agigantaron al grado de perderme entre las luces quirúrgicas que estaban sobre mí. Sentí mi cuerpo congelado. Ya todo estaba dicho...

Tu hermanita se enredó con el cordón umbilical al momento de nacer, nadie pudo hacer nada, no pude verla con vida, no logró sentir el calor de madre que la cobijaría por el resto de su vida... Lo último que sintió fueron las manos tensas de los médicos y sus guantes quirúrgicos, tal vez jaloneos urgentes en el intento por salvarla... Yo, a unos metros de distancia, sin poder tocarla, y ella, a unos segundos de la muerte. Sin poder sentirme.

Sufrí el más temible accidente que puede tener una madre. Bueno... más bien sospechamos del médico, a quien tu padre y tu abuelo estuvieron a punto de demandar por negligencia médica, pero no lo hicieron porque los detuve, los convencí de no hacerlo. Por más demandas que hubiera en contra de él, nada la traería de vuelta a la vida. Nada me reuniría de nuevo con mi hija, mi Leonora, tu hermanita.

Me perturbaba pensar en la desesperación que habrá tenido desde que salió de mí. No logré conciliar el sueño durante mucho tiempo por ese pensamiento de asfixia. Me castigaba a mí misma aguantando la respiración prolongadamente, necesitaba vivir lo que Leonora vivió, necesitaba morir un instante para encontrar su perdón por no haber sido capaz de darle vida. Estaba desesperada por no haber logrado un parto fructífero, por no haberla recibido con crestas. Por recibirla, en cambio, con un ataúd.

Los días, las semanas, los meses subsecuentes me significaron un martirio, también a tu padre. Tan sólo quería desaparecer del mundo, que me tragara la tierra y no conocer a nadie. La familia, los amigos, los vecinos, llegaban con flores y regalos a la puerta de la casa, mismas que se marchitaban como mis anhelos de madre por ver a mi hija, por tenerla conmigo, por besarla y abrazarla.

Después de varios años, salí adelante con el apoyo de tu padre, él me hizo ver que no había sido mi culpa, que no tenía que reprochármelo y, poco a poco, lo fui superando; mi conciencia fue adoptando una nueva forma de ver la maternidad.

De alguna manera, Leonora quedó anclada en tu padre y en mí. Quizá sin darnos cuenta, nos aferramos a la idea de tener a Leonora. Nuevamente quedé embarazada. Éramos un matrimonio joven, aún teníamos camino por delante. Nació Narciso, quien nos alegró profundamente, parecía tener urgencia de nacer, lo hizo a los ocho meses, lo recibimos con mucho amor y creció estupendamente, como tú.

Tres años después, consideramos apropiado, nuevamente, intentar tener a nuestra nena. Éste sería el último intento. Si no lográbamos tenerla, nos conformaríamos con la bendición que Dios decidiera traer al mundo, un hijo siempre es la mayor dicha para sus padres, sea hombre o mujer; entonces tuvimos a Leonardo...

Pensamos en hablarlo contigo porque ya estás en edad de saberlo. No queríamos callarlo por siempre, sólo nos reservamos esto para cuando ya tuvieras la edad suficiente para asimilarlo porque no es algo fácil de digerir...

Amanece una mujer

No podía creerlo, sentí un pinchazo en mi corazón, ¡cuánto dolor el de mi madre! Solamente escuchaba su voz entrecortada, por momentos se callaba para tomar fuerzas y continuar explicándole a Leopoldo. Mi madre con su valentía inagotable... nunca ha llorado, ni siquiera cuando contó esa historia a mi hermano.

Mi nombre era tan parecido al de Leonora, pero con una *d* de más...

Yo... yo era Leonora.

Todo empezaba a cobrar sentido, todas mis ambiciones, todo mi cuerpo, mi alma, todo yo era ella: Leonora. No era mi culpa tener estos pensamientos. Mis temores ahora tenían sentido, había encontrado al fin una respuesta a mis laberínticos cuestionamientos.

Me invadieron unas ganas inmensas de salir de mi escondite y abrazar a mi madre mientras le diría: *Mamita, no te preocupes, aquí tienes a tu Leonora, has resucitado a tu nena y aquí está, de carne y hueso. Veme, mamita, veme y llámame «hija»...* Pero en vez de decirlo, una lágrima pesada me escurrió por la mejilla y cayó sobre la alfombra, dejando una huella que lentamente se iba expandiendo como la necesidad de ser visto así, ser vist…a como ella, como Leonora.

Una mujer en mí iba amaneciendo, sólo había estado dormida.

Arañas saliendo del papel

Posiblemente ésa era la razón por la que me bautizaron a la edad de tres años, yo ya podía hablar para entonces. Tal vez a mis padres les tomó ese tiempo calcular el nombre masculino que más se asemejara al de mi hermana Leonora.

Al llegar a la catedral de mi bautizo, recuerdo los pigmentados colores de las paredes, por los que la luz del sol radiante entraba, convirtiendo el altar en un templo de luces verdes, amarillas, azules, rojas, todas entremezclándose entre sí como dándome la bienvenida, esperando el recibimiento de Dios en mi pequeño cuerpo.

Portaba un elegante trajecito iridiscente, radiante. Mi traje, color azul eléctrico, estaba colmado de divinidad, al igual que mi corbata de moño que combinaba con los tonos de mi traje, una combinación de diversos colores celestiales en él impregnados. Aquel pequeño traje irradiaba vitalidad. Mientras me acercaban a la pila bautismal, yo veía a la virgen de tamaño humano empotrada en lo más alto del altar, una virgen de piel morena, un tono claro que me llenaba de una paz indecible. Estaba ataviada con un blanquísimo manto de encaje que caía con religiosidad hasta lo más bajo de su cuerpo, más allá todavía, yo quisiera tener un velo así, como el de ella; mismo que usaría todos los días de escuela. Con mi manto albo también iría a la cama para ver mis sueños a través de la blancura del encaje, mis sueños hechos de bordados los conservaría en el baúl de mi memoria por el resto de mis días.

Aquella virgen poseía el inefable rostro de mujer sufriente, pero apaciguada, comprensiva; sus ojos, más que de cristal, eran ojos de verdad que destellantes de dolor me observaban desde lo más alto del templo.

Aquella tarde de mi bautizo recuerdo haber gritado fúrico *¡Ya me quiero ir!* cuando me encontraba en la pila bautismal con la cabeza mojada. Maldecía al infame anciano con ropajes blancos y dorados que mojaba mi testa con aguas heladas. Por aquellos líquidos me invadía el cuerpo de Dios, lo pude sentir en mí.

Los subsecuentes retratos de la prensa no tardaron en llegar. Recuerdo que se aglutinaron frente a mí para retratar mi hermosura, flashes por aquí y por allá, no paraban. Recuerdo los múltiples disparos, como cañonazos de luz, que emitían los fotógrafos sobre mí.

Si tan sólo me hubieran bautizado Leonora, quizá sí tendría la voluminosa cabellera de Neblina, la cepillaría junto a Alicia sin tener que esconderme, y Diego quizá me habría hecho caso, al igual que Josué, mi amigo de la primaria: un bello niño de piel muy blanca y ligeramente pecosa, sus cabellos bajo el sol eran tan pulcros y castaños… en sus ojos me perdía porque se asemejaban a los géiseres, profundamente verdes con delgadas líneas cafés que salían del centro oscuro, simulando una erupción.

Josué era sumamente temperamental, cuando se enojaba sus pupilas se dilataban, se acrecentaba la negrura del centro de sus ojos y parecía que, furiosos, saldrían de su órbita para atacar a las presas, que por lo regular eran maestras regañonas que lo fastidiaban hasta el cansancio por su fea letra. Pobrecito, me sentía tan mal cuando lo reprendían: *¡es que no puede ser que sigas escribiendo así, niño!, ve nada más qué letra tan fea, ¡no se te entiende nada! Me lo repites todo, y si no, no sales al recreo.*

Aunque la maestra, con su inconfundible taconeo acercándose a mis contornos, me incitaba a salir al recreo, yo me negaba, no sólo porque no tenía más amigos además de él, sino porque verdaderamente me sentía muy mal cuando lo regañaban, era como si me regañaran a mí. Yo me quedaba con Josué hasta que terminara sus enmiendas; tenía muchas ganas de abrazarlo y decirle que todo iba a estar bien, que no se preocupara, pero al mismo tiempo me avergonzaba hacerlo y mejor optaba por quedarme a su lado sin hacer nada, sólo veía cómo salían de sus ojos lágrimas que empapaban toda la hoja con esos jeroglíficos que más bien parecían arañas patonas saliendo del papel; eran lágrimas de coraje, de impotencia por no poder escribir bonito. Yo veía cómo hacía su mayor esfuerzo, pero ni así le salía bonita la letra a mi amado Josué; sólo lo observaba concentrado, haciendo gesticulaciones, como si su lengua fuera la que escribiera. Me resultaba tan encantador verlo ahí, atento, responsable, apuesto...

Aquellos garabatos me arrobaban, me parecían tiernos y a la vez salvajemente seductores. Eran tan rígidos que me simbolizaban esa virilidad que yo anhelaba, no en mí sino cortejándome, cortejando a mi delicada y curvilínea letra cursiva trazada con perfección. Mi caligrafía era, por enseñanza de mi abuela, refuerzo de mi madre y orgullo de mi maestra, exhaustivamente garigoleada, tan sofisticada como las enredaderas; muy femenina.

Con el sacapuntas, Josué me presumía su habilidad para crear pequeños volcanes con los restos de madera, al moldear la finura de la punta de los lápices con que habría de escribir aquellos garabatos, tan despreciables para la maestra como dulces para mí. *Te regalo mi volcán*, me decía orgulloso, mientras yo lo veía esgrimir inútiles esfuerzos por atinar a la caligrafía deseada.

Él era tan tímido como yo, sólo que él era muy travieso y mal portado, de carácter rebelde, lo cual me atraía hasta el delirio. Me gustaba que le contestara a las maestras, que se peleara con otros niños por su naturaleza pleitera, como gallo encabritado, como potro desbocado, pero también por defenderme a mí, lo cual me parecía sumamente valiente porque quería decir que estaba al tanto de mi vulnerabilidad. No sé cómo, pero lo sabía; él sabía que yo era tan frágil como el cristal y que con facilidad me podrían dañar los niños salvajes, quebrarme en pedazos. Así que Josué, a pesar de su corta estatura, decidía enfrentarlos para que no me molestaran; me defendía de su salvajismo y brusquedad a la que tanto yo temía.

Cuando los niños me molestaban, me acordaba de lo que me dijo un día Felisindo, que *en este mundo hay gente méndiga que te va a querer hacer daño, que te va a querer maltratar y reírse de ti, pero tú nunca des muestra de incapaz, tú enfréntalos, saca la moina que te quema por dentro y hazles ver su suerte.*

Jamás logré enfrentarlos, pero Josué sí. Cuando algo lo exasperaba, su angelical rostro se distorsionaba y se volvía aún más guapo, algo en mí despertaba cada vez que lo veía fúrico, me gustaba todo él, cada día con más intensidad; parecía emanar de su cuerpo una inusitada hombría cuando la furia lo invadía. Se volvía un valiente y apuesto guerrero al que sólo le faltaba sacar una espada para combatir al enemigo, como el día en que se enojó porque Ricardo, otro apuesto niño del salón, con ojos color caramelo o ámbar, me prometió comprarme dulces en el recreo en agradecimiento por dejarlo copiar de mi cuaderno (cuaderno, por cierto, muy limpio y perfectamente cosido con estambre por mi madre) una tarea que no había hecho, pues acudió a mí porque yo siempre hacía mis deberes y además era el consentido de las educadoras por mi tan *excelsa e intachable conducta*, como me decían ellas. Así que yo, engolosinado siempre con los regalos, abandoné a Josué aquel día, lo reemplacé por el también apuesto Ricardo, que me vio por esos treinta minutos con sus ojos de ámbar, mientras yo comía los dulces que él me había comprado. Recuerdo haber observado, con un poco de timidez, los rayos del sol entrar por sus acaramelados ojos; ojos que me enajenaban por completo. Tan sólo podía pensar en el sabor seguramente dulce de sus besos.

Para mi sorpresa, al regresar al salón, Josué estaba enérgicamente furioso con Ricardo. Mi debilidad por los dulces que me compró culminó en haber pasado ese recreo con él, lo que desató una tremenda riña entre los dos. Yo pretendía sufrir al verlos jalonearse, pero en realidad sentía una dicha inmensa por mirar a los dos pelearse por mí.

Los celos de Josué me conmovieron sobremanera. Me hicieron quererlo todavía más de lo posible.

Él me protegía, me procuraba, me cuidaba. Y nunca se dejó de nadie, ni del amenazante Ricardo. Josué era un niño muy gallardo y siempre muy bien peinado, nos peinábamos igual: de ladito. Los dos nos veíamos preciosos en extremo. Su madre se hizo cercana a la mía, tanto así que incluso comenzamos a visitarnos en nuestras casas: él iba a mis cumpleaños celebrados en la mía, su mamá me invitaba a la suya para comer deliciosos platillos y muchas galletas. Subíamos a su casa del árbol, jugábamos juegos de mesa y después armábamos divinos rompecabezas tridimensionales de madera que formaban dinosaurios y libélulas gigantes. Yo creo que a la mamá de Josué le gustaban mucho esos animales, porque también me llegaron a regalar en un cumpleaños un dominó de puros dinosaurios de colores.

Sentía una angustiosa necesidad por decirle a Josué cuánto lo adoraba, cuánto lo quería y lo deseaba. Cuánto lo amaba. Sentía un encanto profundo hacia él; no sólo era físico, estaba enamorado de todo él: de sus infinitos ojos, de su lacio cabello color de hojarasca, de su rostro perfectamente simétrico y blanco, una blancura fantasmal, su cara era tan alba como la espuma de *champagne* o las Cataratas del Niágara; de sus pecas translúcidas, de su voz de niño rebelde, de su pose erguida, de su mirada siempre misteriosa, como tramando la siguiente travesura o venganza contra la desdichada maestra, o, tal vez, sólo tal vez, pensando en mí. De su sonrisa, con esos labios delgados, de un rojo efervescente, que sólo pensaba en besar; de su valentía inagotable, de su letra fea, de sus lágrimas sobre el cuaderno, de su cuerpo delgado, de sus blancas manos que me impulsaban al columpiarme en los recreos, de su carita viéndome, estando los dos en el punto más alto del cielo cuando él se subía al columpio de al lado…

Beso con pintalabios

Anhelo dar mi primer beso
con pintalabios
cuando mis labios y los de él se junten
mi boca se volverá camelia
impregnando
mi aromático pigmento en su boca.

Bésame con tus dientes
blancos de pureza, con esos labios
carnosos y silentes,
déjame marcar mi huella indeleble
en tu boca con mi pintalabios.

Casa del árbol

Llegó el día en que se lo confesé. Le dije en secreto después del receso: *soy invertido*, como había escuchado decir al psicoanalista a mis padres, algo así como que yo quería invertir mi cuerpo, *me gustan los hombres*. Él me respondió: *a mí también*. Pero no le hice mucho caso porque tal vez él no entendía lo mismo que yo por *invertido* y, como no vi que intentara darme un beso en ningún momento, opté por seguir tratándolo como hasta el momento, como amigo, un amigo del que estaba desquiciadamente enamorado.

En una ocasión, en la casa del árbol, estábamos coloreando nuestros rompecabezas tridimensionales, cuando de pronto Josué soltó sus crayolas; al voltearlo a ver, se abalanzó sobre mí sujetando mi cabeza y me plantó un beso prolongado. Yo me quedé atónito, no supe qué hacer, verdaderamente sentí que nacían geranios de mi boca. Ahora sí sentía la boca floreada por aquel beso valiente que mi amado se había atrevido a darme. Ninguno supo cómo reaccionar ante tal acontecimiento, por lo que optamos por bajar de la casa del árbol. O tal vez haya sido tanto mi amor por él, que ese beso fue producto de mi imaginación.

Al ir creciendo nos fuimos distanciando, nuestros salones no llegaron a coincidir en los años posteriores de la primaria, por lo que él debió haber encontrado algún otro amigo. Yo lo dejé de ver hasta en los recreos. Parecía que nunca había existido, como si jamás hubiera estado en esa primaria. Me volví sumamente solitario.

Bosque ilusorio

Los domingos al amanecer, bajaba corriendo las escaleras para encontrar a mi madre sentada en el *hall*, en donde permanecía a contraluz del ventanal, extendida a lo largo del sillón con su bata de seda acariciada por los rayos del sol; sobre la mesa, el humeante café aguardaba mientras ella leía la revista *El Hogar*. Mis hermanos optaban por los periódicos, donde se anunciaban los más modernos automóviles de la marca Rambler, eran muy costosos, según escuché un día a Narciso leyendo en voz alta a Leopoldo: *el Modelo 21 tiene una fuerza de 20 caballos, es color rojo carmín, con formas* Touring Car *para 5 personas y en* Run about *para 2. Precio en las dos formas, completo con toldo corredizo y lámparas de petróleo y acetileno, ¡$4,150 pesos! Y mira este otro, es aún mejor, el Modelo 25, de 4 cilindros, 35 a 40 caballos de fuerza...*

Pero yo me aburría sobremanera al escuchar que los caballos y que las fuerzas y que los cilindros, a mí me interesaban bastante más las agobiantes y candentes historias de las damas; aquellas dos bellas columnas de la revista *El Hogar* eran las que nos entretenían a mi madre y a mí: «Historias de mujer» y «Lo que reservamos las mujeres», en las que se relataban sucesos íntimos, situaciones femeninas, a veces apremiantes y otras más un tanto agridulces, de un dramatismo insoslayable en que diferentes mujeres eran partícipes. Sólo mujeres. En esa revista femenina también había consejos para esposas, ilustraciones de moda y patrones de bordado únicos.

Me sentaba junto a mi madre para leer con ella. En la revista también se promocionaban otros negocios de moda que eran nuestra competencia directa, ofrecían las últimas novedades de invierno en lana y seda para dama con divinas ilustraciones, blusa de linón blanco a 7.50 pesos, blusa confeccionada a 3.50 pesos, blusa a crochet con hilo mercerizado a 8 pesos, así como sombreros emplumados, guantes de seda, sombrillas de encaje, faldas de piqué, refajos de algodón. Pero nadie alcanzaría a vender los sombreros tan creativos de mi abuela Ewa, sombreros y tocados de terciopelo, lana, ante o seda, dependiendo de la temporada, y divinamente ornamentados con listones, flores, perlas, cintas, lazos o larguísimas plumas. Algún día espero poder usarlos.

Una mañana, al bajar mi padre por las escaleras, nos vio a mi madre y a mí hojeando la revista *El Hogar*, preguntó qué estábamos haciendo.

Estamos leyendo «Lo que reservamos las mujeres», dije contento a mi padre, a lo que me respondió con cierta severidad: *¡Ah! «Lo que reservan las mujeres», querrás decir…*

Ese mismo domingo, pero por la noche, recordé que tenía una tarea para entregar en el colegio al día siguiente: el dibujo de un bosque con fauna y flora en una cartulina. Le pedí a mi padre su auxilio. Accedió. Inmediatamente comenzó a trazar pinos, ciervos y ardillas con gran esfuerzo. Eran muy altas horas de la noche y me mandó a dormir.

A la mañana siguiente, me percaté de que mi padre continuaba en el estudio, trazando los últimos esbozos de color, los destellos en los ojos de los animalitos del bosque. Mi padre, con sus ojos rojos de nulo sueño, entrecerrados, opuestos a los dibujados, me miró con una dulce sonrisa, esperando mi reacción. Quedé boquiabierto. Había convertido la cartulina blanca en una escena de ensoñación boscosa, en un juego de plantas idílicas que se desbordaban del papel, una variedad de animales felices, volteando a la cámara invisible como en un retrato de familia; había una niña con su vestido largo y una capa roja junto a todos esos animalitos. ¿Sería Leonora?, tal vez mi padre quiso retratar a mi hermana allí, en ese bosque encantado que daba la ilusión de poder entrar en él. ¿O... sería yo?

No quise preguntarle, opté por *reservármelo*.

Entrevista (primera parte)

2 de marzo de 1926

Toco la aldaba de bronce, que es una hermosa cabeza de león dorada y bruñida con las fauces abiertas, furiosas. La poetisa Cayetana de la Cruz ha salido a recibirme acompañada de sus dos pequeños perros. Pareciera que está a punto de llegar a una recitación, trae puesta una larga capa tapizada de chaquira de un amarillo oscuro con una melena de olanes de tul color vino en la parte más alta, la cual le da una luminosidad perfecta a su delicado rostro chapeado y a sus labios igualmente vino. Entre los olanes de tul violáceos, se asoma un collar corto, una gargantilla de gigantescas bolas de jade, que invariablemente me recuerdan a prehispánicas deidades. Trae colocada sobre su cabeza una suntuosa pieza de joyería dorada: simula ser una especie de sol hecha a base de filigrana con piezas circulares de diferentes tamaños incrustadas en la base vertical, que se erige dando una forma astral: es como si fueran rocas circulares de sol; la espectacular corona deja caer otras esferas más pequeñas que cubren parte de la frente de la poetisa. Pisa el suelo con unas delicadísimas zapatillas de terciopelo azul con una enorme horquilla. Sus manos yacen adornadas con joyas de un valor inusitado, más que anillos de múltiples y variadas flores, es más bien un hechizante jardín de hiedras, resplandeciente de fulgores y centellas, como enredaderas trepadas en sus dedos, donde han de florecer corolas, ora en luminiscencias biseladas, ora en nobles y barrocos acabados: merece un verdadero aplauso por ofrecerle a mis ojos semejante armonía en el vestir, que ni en el teatro se llega a ver.

C: Juventino, querido, qué gusto verte, pasa por favor.

Después de ofrecerme té, nos sentamos en el mismo sitio de la última vez, me habla brevemente sobre las hechiceras de la Nueva España, las magas y las brujas. Cayetana es atemporal, Cayetana está más allá de los sentidos, más allá de las geografías, no existen en ella límites territoriales corpóreos, me lo dice su apariencia brujeril, profundamente seductora... Accedió cortésmente a continuar con la entrevista.

A su costado, junto a la lámpara de mesa, alcancé a ver varias revistas antiguas, un tanto obsoletas: El Álbum de la Mujer, El Salón de la Moda, Las Hijas del Anáhuac, El Periódico de las Señoras, La Moda Elegante Ilustrada, La Mujer Mexicana...

J: Cayetana, ¿qué significa para usted la moda? Debo decir que he quedado pasmado con sus atuendos.

C: Adorado, ¿de qué otra manera podría yo revestir mi selvático y diamantado cuerpo?, ¿cómo se puede vestir a la creación *per se*? Mi vestimenta es mi biografía.

Mira, yo siempre he pensado en la forma a veces tan simplista que tiene la gente al vestir, parecen no percatarse de la magia del decoro atávico. El buen vestir no depende del dinero, depende de la imaginación. Aunque, bueno, el dinero sí cumple ciertos caprichos que, mezclados con la imaginación, puede dar resultados exquisitos. Pero comprar, querido, lo más costoso sólo por el hecho de que lo sea, estropea por completo todo sentido de creatividad.

No cabe duda de que la inteligencia ordinaria no comprende a quien osa ornamentar su cuerpo de encantos, de hechizos y fantasías. Mis atavíos son decoraciones que complementan a mi espíritu, son producto de mi infinito pensamiento y de las ilimitadas posibilidades de mi ser.

No espero ser comprendida por el vulgo, me basto a mí misma. Me basto sabiéndome poseída por las diosas de la belleza, quienes me acompañan en mi sueño y mi vigilia. Afrodita, Venus y Xochiquetzal. Ellas viven en mi veleidosa mente y en cada célula de mi cuerpo esplendoroso. Me basto con la sabiduría que ellas me han dado para encarnar la mismísima belleza en la explanada de mi existencia.

Todas ellas, querido, viven en mí, convergen en mi psiquismo, en la caudalosa vanidad que emerge de mi sangre. Ellas viven en cada milímetro de mi piel, en cada célula de mi cuerpo y en cada rincón de mi diaspórico atavismo. Y me falta mencionar a Xochipilli.

La historia del arcano Xochipilli poco se conoce, he de decirte. Quizá por su relación con lo profano y lo nefando es que la iglesia católica española censuró y destruyó los pocos testimonios relacionados con esta deidad azteca. Fue la dualidad de Xochiquetzal, la diosa de la belleza, las flores y el amor carnal. Xochipilli es un nombre compuesto por dos palabras del náhuatl: *xóchitl*, flor; y *pilli*, infante de alta cuna. Se le conoce como el Príncipe de las Flores, y, semejante a su dualidad complementaria Xochiquetzal, es dios de las flores y las plantas, incluyendo la vegetación prohibida; de la música, la danza y de todas las artes nobles; de los juegos, la fertilidad, los placeres, la ebriedad sagrada, y todo aquello que acerque a la felicidad.

La belleza de Xochipilli posee una delicadeza y dramatismo sin precedentes entre los dioses aztecas, el infante Xochipilli yace posado sobre una luminosa plataforma de jade que recibe los rayos solares para hacerlo resplandecer.

Está sentado, con las piernas en forma de aspa, en forma de X, con sus dos manos levemente por encima de sus rodillas.

Entre los pocos registros se afirma que su piel está teñida de rojo y que porta desquiciantes plumajes del mismo tono en su cabeza, así como un bezote de piedras preciosas que adorna su labio inferior, y dos preciosas orejeras que cuelgan de sus lóbulos. Su rostro voltea hacia el firmamento en expresión íntima y expectante, en plena elevación hacia lo alto. El infante Xochipilli está sollozando, una lágrima escurre de sus ojos, pero no puede verse, se oculta porque su rostro está cubierto por una máscara; esa máscara es el rostro del éxtasis. En su rostro, querido, se encuentran los secretos del universo.

El dios de las flores es también un sol niño, es el dios de la luz, un dios solar que tiene por ojos dos gigantescas oquedades, antes ocupadas por desaparecidas piedras preciosas. La ausencia de éstas muestra una expresión mística. Pienso que yo he nacido con los ojos de Xochipilli, dos obsidianas que me permiten ver el mundo como lo veía él.

Xochipilli, de cuerpo joven, humano y bien proporcionado, alberga adherencias de flores en sus muslos, rodillas y pantorrillas, entre ellas la flor del tabaco y también la ololiuhqui, enredadera alucinógena en forma de campana blanca; le dicen el manto de la virgen.

Las prostitutas en el imperio azteca, las *ahuianimes*, se tatuaban las piernas, presumían su largo cabello suelto y en sus manos llevaban una flor; las *xochihuas*, por otro lado, eran consideradas las pecadoras con deseo sexual y prostitutas nefandas, se les percibía como hombres vestidos de mujer, con comportamientos de mujer; eran diestras del engaño, y también, entre sus manos, portaban una flor.

La estética de Xochipilli era en exceso parecida a la de las *ahuianimes* y las *xochihuas*. Las *xochihuas*, a su vez, veneraban a Xochipilli, se encomendaban al también dios de los placeres.

Mi pasión por la vestimenta me ha llevado a reflexionar interminables minutos en torno a la moda, desde las deidades hasta la modernidad, pero creo que la mejor manera de apreciar su estética, es apreciando mis atuendos.

Yo sólo me visto de telas que me gustan por su textura, por sus estampados, por sus colores. Mi cuerpo es mi lienzo y yo diariamente hago de él una efímera obra de arte a partir de la indumentaria. Eso es para mí la moda: esculpirme con telas y accesorios cada día.

Complemento mi respuesta con un poema que habla sobre mi cabello. El cabello, pienso, es una extensión moldeable de mi cuerpo y de mi ser, y es también la corona de las mujeres. Mi cabello y su indudable sensualidad han marcado una enorme diferencia en mi persona:

Mi cabeza coronada por indómitas lianas,
cascada
de raíces silvestres
tan negras como delgadas.

    Mi cabellera de ónix
    es de un negro inmarcesible,
    de un largo ilimitado.

        Con las ráfagas del Sol
        y los destellos de la Luna,
        mi pelo de azabache
        —nocturno cromatismo—

más negro que el cuervo
y su negra vanidad,
de azulina apariencia,
se vuelve en sí mismo
el astro más oscuro
de la cósmica totalidad.

Volcánica maleza,
maleza de ámbar negro,
maleza de nocturnos hilos
de arcana proveniencia.

Bajo el agua diurna y turquesa,
mi cabellera inunda el día
de misteriosa oscuridad;
mi cabeza de negros pájaros
que vuelan por el agua
ondulados; ondulantes
se expanden los pájaros entintados
con sus volátiles cuerpos de noche
hacia los lados,
mientras sus plumas de filigrana,
en arabescos,
yacen difuminadas
—bajo el lacustre lienzo de azogue—
mi cabellera
vuela reflejada.

La vestimenta es un arte del que nadie habla, el vulgo sólo usa las prendas sin darse cuenta, sin ser conscientes de lo que llevan puesto; para mí eso es una falta de respeto a las telas, a la naturaleza, de donde éstas son extraídas, pero principalmente a su decoro, a su persona. Es como escribir sin saber leer, sin verdaderamente apropiarse de las palabras, sólo de la tinta. Es caminar con los ojos cerrados. La vestimenta es lenguaje, es experimentación y creatividad, singularidad y elegancia. El atuendo es la personalidad, los anhelos y los caprichos conjugados, sellados en la apariencia. Para mí, es también atemporal, acaso anacrónico. Mediante mi atuendo yo viajo en el tiempo. Mi vestimenta es también mi cultura, es mi propia historia y la historia que de mí deseo.

J: ¿Cómo fue el momento en el que decidió dar un giro a su vida para comenzar a utilizar los maravillosos atuendos que hoy la definen? Noto también su peculiar inclinación hacia la joyería...

C: El momento en que todo cambió fue... Bueno, mis deseos siempre estuvieron ahí, desde que tengo memoria, pero cuando lo materialicé fue posiblemente a mis quince años. Curioseando entre los cajones de mi madre descubrí que tenía uno exclusivamente para medias de seda. Cabe mencionar que todas mis medias son de Lyon, como las que solía usar María Antonieta en vida.

Y en ese cajón de mi madre hallé unas medias que nunca le había visto puestas, lo que significaba que, si me apropiaba de ellas, mi madre no lo notaría; así que sustraje unos tres pares inicialmente. Mis predilectas fueron unas de rayas verticales verde olivo con negro, me parecían sumamente fascinantes, como de la realeza, tal vez de alguna reina, o bien, de bufones cortesanos. Una vez en mi aposento, con el cerrojo puesto y nadie en casa, arropé mis alargadas piernas con mis nuevas medias cortesanas, no podía creer la suavidad de su material acariciando la desnudez de mis piernas, acariciando mis curvas de mujer: así era como se sentía usarlas, mi cuerpo era invadido por una sensualidad indudable; me había consagrado a la feminidad, estaba siendo arropada por ella, ¿me entiendes?

Las medias robadas las guardé en el baúl de mi aposento, bajo llave, sólo yo tenía acceso a ese baúl pletórico de mis secretos, entre ellos, las cartas que le escribía a Josué, mi amado de la primaria, y que nunca le entregué. Pilares de cartas.

Todas las noches, al desnudarme, revestía mis piernas con las medias de mi madre para ponerme a leer bajo el dosel. Una noche quedé profundamente vencida por el sueño y olvidé despojarme de las medias. Al día siguiente, mi madre entró para felicitarme porque era mi cumpleaños. En cuanto escuché que la puerta se abrió, inmediatamente hice malabares y artificiosos movimientos para quitarme las medias. Mi madre fue a abrazarme, pero cuando levantó el edredón y las sábanas para levantarme, descubrió que había una sospechosa tela entre mis manos, no pude esconderlas del todo, y ella, inquisidora, tomó mis manos. ¿*¡Qué es esto!*?

No supe cómo reaccionar, me invadió una profunda vergüenza y solamente salí de allí corriendo, bajé las escaleras esperando que fuera una pesadilla. Pero no, no lo era. Mi cumpleaños transcurrió abúlico, con falsas sonrisas y festejos. No había nada más que decir…

Cuando regresé a mi aposento, noté que las medias estaban debajo de mi almohada… ¿me las había regalado?… Un sentimiento de culpabilidad se apoderó de mí. Opté por guardarlas al fondo de una botella de vidrio junto con cáscaras de naranja y otros residuos para que no se viera el contenido. La tiré a la basura. Ese fue el trágico destino de las medias que tanto amaba, no he vuelto a encontrar otras parecidas. No sé dónde las habrá conseguido.

Un día hablé con mi madre sobre mis femeninas inclinaciones, ¿sabes qué me contestó? *Preferiría que esto fuera una pesadilla*, mientras lloraba amargamente. Sólo dos veces he visto llorar a mi madre: cuando falleció mi abuela y esa tarde en que hablé con ella.

Pero volviendo a tu pregunta, no podría dejar pasar por alto mi pasión hacia las joyas. Como muestra, mi soneto *¿Qué haría yo sin mis joyas?*:

Desconozco yo sin mi joyería
qué me depararía este destino,
seguro sería un cruel desatino,
¿a hermoso cuerpo qué le adornaría?

Sin brillos ni fulgores quedaría.
No me basto con mi cerebro fino
ni con mis telas de límpido lino.
Necesito ostentar mi jerarquía

con mis inmarcesibles raras joyas.
Mi anatomía adornar es preciso
—naturalezas destellantes, criollas,

esculpidas a esfuerzo de ampollas—
para asegurar su éxito conciso
al caminar, ¡oh!, con mis finas joyas.

Las joyas son mi mayor obsesión, mi mayor delirio. Creo que mi gusto hacia ellas comenzó por influencia de mi madre y de mi abuela, ambas íntimamente apegadas al adorno accesorio. Crecí entre perlas, guardapelos, collares, anillos, brazaletes, gargantillas, cintas y listones. Aún recuerdo las manos de mi abuela, repletas de angustiantes anillos con engastados brillantes que consumían la totalidad de la luz del sol.

Mis ojos fueron absorbiendo la majestuosidad de los adornos femeninos y con ello se fueron acostumbrando a la belleza de los minerales y las piedras preciosas incrustadas en anillos alucinantes, en pendientes y collares, en listones de encaje, de seda o de organdí. Zafiros, perlas negras, blancas y rosadas, esmeraldas y rubíes; ónix, turquesa, ámbar... Todas las piedras que te puedas imaginar han pasado por mis manos. Conforme crecí, fui adquiriendo más y más joyas, principalmente de Alemania, Polonia, Checoslovaquia y, por supuesto, México. No hay perlas más puras y extenuantes que las perlas mexicanas.

Me gusta adornarme con joyas porque ornamentan mi cuerpo, complementan mi espíritu, mi esencia, mi ser. Suelo adquirirlas en mis viajes. Al usarlas, me evocan los recuerdos de éstos, pareciera que llevo entre mis dedos los castillos visitados en Europa, los desiertos y mercados de África, los mares de México y sus cielos; en mi joyería guardo las calles, los callejones, la arquitectura, los ríos y puentes, las pinturas, los trenes, las noches, el sexo, la gente a la que he conocido en mis travesías.

Sé decirte de dónde proviene cada una ellas. Mis innumerables alhajeros contienen miles de anillos, collares, gargantillas, pendientes, pulseras, brazaletes. No todo es metálico, también tengo listones y encajes que adornan mi cuello, algunos con piedras preciosas, otros sin ellas, algunos con broches de plata, otros simplemente los sujeto a mi garganta en un sutil y delicado nudo.

Mis alhajas potencian mi vanidad, me envuelven en esplendente aura. Admiro la joyería mexicana, me parece la más adorable, tanto la precolombina con sus angustiantes piedras pesadas, como la virreinal, de mis épocas predilectas. No por eso se disminuye mi debilidad ante la delirante joyería victoriana. Hay algunos diseñadores contemporáneos que gozan de un exquisito gusto, ellos también saben conmover mis caprichosos gustos, se trata de los mexicanos Antonio Pineda y Matilde Poulat, así como del estadounidense William Spratling. Pineda se encuentra a la vanguardia, este adorable y grueso brazalete de plata y malaquita fue hecho por él; Poulat está más inspirada en la joyería virreinal; Spratling, en la precolombina. Varios de mis anillos fueron hechos por el joven orfebre Artemio Navarrete. Los orfebres del pueblo tienen todo mi respeto, porque su sudor no tiene las mismas ganancias que las de los arriba mencionados, y la creatividad de sus diseños es igual de valiosa.

Mis joyas son de todas las épocas que puedas imaginarte. Llevo incontables años de historia y kilométricas distancias en mis manos, en mi cuello.

Mis ornamentos accesorios son anacrónicos, como yo misma.

En cuanto al material, prefiero la plata aún más que el oro, ambos lucen bien en mí, pero sobre todo la plata. Cuando la uso, parece fundirse con mi piel, abrazando mis extremidades. Cualquier otra aleación, por laboriosa que sea, me pinta los dedos de un temible óxido verdoso. Aun así, esa joyería de modesta calidad puede alcanzar una estética formidable, cuando el joyero aprovecha la maleabilidad de otros metales.

Me gusta la joyería floral, los diseños arriesgadamente silvestres: floraciones, arborescencias, arabescos, foliaciones; es como traer entre mis dedos un idílico jardín.

Antes de continuar, te recitaré un par de décimas, que intitulé *Mis jades*.

La poetisa Cayetana se levanta de su sillón, como a punto de dar inicio a un conjuro; por fuera, a través del pesado cortinaje que cuelga de los ventanales, las nubes pasan a una velocidad frenética, y un rayo de luz atraviesa su mirada oscura. Acaricia su collar de piedras, como si acariciase su corazón.

> Muy redondos, muy pesados,
> cuelgan de mi cuello jades
> con sus verdes oquedades
> de misterios horadados;
> monolitos martillados
> que se halagan a sí mismos;
> tumultuosos cataclismos
> son mis jades veleidosos,
> pequeños mundos verdosos
> que circundan mi erotismo.
>
> En mis jades hay secretos,
> en las selvas de su abismo,
> oculto metamorfismo
> que se esconde en sus adentros;
> hay en mis jades perpetuos
> una fuerza indescriptible
> que es arcana y que es temible.
> Al abrochar mi collar,
> veo mis jades centellear...
> ¡Soy delirio incontenible!

Mi complicado ser

Es mi ser muy complicado,
yo diría desconcertante,
con mil dudas por delante;
siempre tan atormentado,
nunca está mi ser calmado,
mi ser tan lleno de lumbre
en sus llamas se consume
convirtiéndose en la nada,
alarmante y constelada,
repleto de incertidumbres.

VI

Tiara de circonias

Veía a los niños correr, las niñas también, unas se peinaban entre ellas, se hacían trenzas, algunas tenían su cuerpo muy desarrollado con menos de trece años, lo cual me causaba mucha envidia porque veía que niños muy guapos las cortejaban, les regalaban rosas y girasoles en las kermeses que hacían en días conmemorativos, en los que nos juntaban al turno matutino (de los niños) con el vespertino (de las niñas); ellos les pedían matrimonio, se casaban con ellas, y yo sólo compraba chicharrones y helados para irme a sentar a algún rincón. Solo.

En los recreos me miraban extraño porque no tenía amigos, estaba profundamente aislado: esos treinta minutos eran un abismo para mí; sudaba cuando se acercaba la hora del timbre del recreo, porque ya sabía que vendrían treinta minutos de soledad infinita.

En ocasiones, prefería fingir sentirme mal del estómago antes del recreo para que mis padres fueran a rescatarme de aquel infierno diario, así mi mediodía transcurría con mayor sosiego. Otras veces el dolor era real, en el camino a la escuela me mareaba de los nervios al grado de vomitar; incluso, por accidente, llegué a vomitar más

de una vez los garigoleados vestidos de mi madre cuando me llevaba a la escuela en el Ford T, lo cual me causaba una vergüenza abominable.

Con su vestido recién vomitado por mí, mi madre tenía que hacer sus deberes: negociar con los distribuidores los géneros importados de Alemania o de Francia, donar alimentos, juguetes, cobijas, a presos y a niños con enfermedades mentales, además de todos los lugares que demandaba su labor como modista. Con el paso del tiempo, decidió traer consigo una muda de vestido, por si se me ocurría vomitarle durante el viaje hacia la escuela.

Para que no me vieran despiadadamente solo durante los recreos, decidí inventarme amigos con los que, según yo, jugaba a las escondidas, de esta manera nadie podría saber que en realidad no estaba jugando con nadie, porque uno se esconde individualmente, y yo veía que los demás me veían, pero al estar «escondido», sí me la creían, tal vez porque mi actuación estaba acompañada de una sonrisa que me pesaba más que los baúles de mi abuela, porque realmente no había nada de qué reírse; al contrario, yo en realidad quería llorar porque nadie se acercaba a mí; nadie quería ser mi amigo, parecía invisible o, tal vez, raro. Espero que Josué nunca me haya visto así de abandonado, me hubiera dado una vergüenza aterradora, aunque seguro hubiera ido a mi rescate, posiblemente me hubiera regalado una rosa, un girasol, o hasta me hubiera propuesto matrimonio.

Tal vez si mi nombre fuera Leonora sería galardonada, me coronarían como la princesa de verano por mi belleza irrefutable, y afanosa portaría la tiara de circonias mientras saludaría a la primaria entera; pediría un trono junto al mío que fuera exclusivamente para Josué… Dichosa, voltearía a ver el sol con mis largas pestañas aleteando como cisnes negros.

Pero como me llamo Leonardo, estoy impedido para participar en el certamen de belleza.

Castillo flotante

Adolfa colgaba entre lazos las largas sábanas en el patio trasero para que se secaran con los fulminantes rayos de sol. Ese momento era en exceso preciado para mí. Veía las sábanas colgadas y su ondulación con el viento; era como si sus pliegues, hipnotizantes y sombríos, me atrajeran poco a poco, hasta encontrarme en la entrada de aquel palacio efímero y volátil; castillo flotante hecho de tela que anidaba oscuridad, misma en la que me sumergía.

Todo ese palacio, fresco y oscuro, ocasionaba en mí cuestionamientos infinitos. Al entrar, cambiaba incluso el clima; afuera estaba el calor avasallante, adentro, una frescura emanada por aquellas paredes frágiles de tapices florales. Caminaba por aquel pasillo del palacio, entre sombras de flores y enramados misteriosos; de pronto los rosales, azucenas, cerezos y pensamientos cobraban vida y me mostraban sus rostros, sus ojos; sus contornos se movían junto con las ramas de los árboles que se convertían en manos de alargados y puntiagudos dedos contemplando mi pequeño cuerpo, para luego abrirme paso a otros senderos florales, pero aquellos caminos eran aún más oscuros y de arborescencias lúgubres, tenebrosas. Una vez estuve a punto de entrar, quizás al final de aquel sendero encontraría la llave que me permitiera abrir mi cuerpo encadenado, metería la llave, tal vez por mi ombligo, y mi cuerpo se abriría en dos para dejar salir a mi espíritu femenino, el que está dentro de mí. Mi espíritu de mujer encarnecido finalmente se expandiría como un nardo sobre la superficie del agua.

Sería la muda de mi cuerpo y de mi espíritu, así como mudan los pollitos del zoológico de Felisindo, que salen de sus huevos para expandir sus alas. Así mi alma femenina, la esencia de Leonora, saldría. ¿Tendría alas?, ¿cómo será mi alma?, ¿de qué color? Tal vez sería púrpura, como mi cepillo de dientes.

Renatito

Antes de la llegada de Rutilio y Ágata, yo llegué a tener un pollito, mi amada abuela me lo regaló. Recuerdo la tarde en que me sorprendió con este precioso ser en una divina jaula blanca, seguramente también mandada a hacer por ella. Tal vez mi querida abuela le pidió a Felisindo me lo trajera de su zoológico. El pequeño sol alado fue mi nuevo acompañante. Yo era muy pequeño, tan pequeño como mi pollito, a quien bauticé Renato.

Sus plumas eran profusamente amarillas, realmente se asemejaba a un sol andante, un sol a escala con alas y patas. Sus ojos enternecedores me seguían a todos lados. Al principio, le resultaba imposible subir los altos escalones de las escaleras, lo cual le provocaba un insaciable sufrimiento, pues su pío iba en aumento conforme yo me alejaba de él hacia las alturas de mi casa. *Pío, pío*, me decía cada vez con voz más desgarradora, *pío, pío, pío… pío, pío, pío, pío.*

Yo bajaba las escaleras rogando su perdón por mi abominable desdén. Él me perdonaba, lo veía en sus ojos negros. Sus ojos eran dos canicas hechas de noche, profundamente oscuras y diminutas. Lo veía por tardes enteras y él me veía a mí también.

Me divertía mucho con Renato, nadie comprendía cómo ni por qué un pollito era la causa de mi dicha entera, de mi incontenible felicidad. Sólo yo lo sabía.

Quise mucho a Renatito, lo paseaba en todo momento por mi casa, por los jardines, por el *hall*, por mi alcoba. Le daba de comer a diario. Por las noches escuchaba sus sollozantes lamentos al interior de su jaula, así que, decididamente, lo extraía de su palacio de blancas paredes y cautelosamente lo introducía a mi lecho. Su llanto cesaba porque estaba conmigo. A los pocos días, sus piernas tomaron una fuerza tal que fue capaz de subir las escaleras conmigo, ya no sufría más por mi alejamiento.

Quise mucho a Renato, lo cuidé mientras vivió conmigo. Un día, sin saber cómo, simplemente desapareció. Pregunté por él, pero nadie supo darme pista ni rastro que me ayudara a hallarlo. No recuerdo si se llevó su jaula con él, tal vez sí porque no recuerdo haberla visto después de su partida.

Quizá no podía jugar a ser madre, pero me consuela saber que fui una madre de verdad. Renato, mi pollito, fue lo más cercano que haya tenido a un hijo.

Que Dios lo tenga en su santa gloria.

Clases de natación

Mi madre decidió inscribirnos a clases de natación a mi hermano Narciso y a mí cuando éramos más pequeños, de ahí mi indudable destreza para nadar en las profundidades del mar.

Me encantaba nadar, así en el mar como en la piscina, sobre todo de mariposa, era mi técnica de nado predilecta. Me imaginaba, viendo el techo y escuchando el sonido del agua, con mis alas expandidas al igual que una adorable mariposa. Era verdaderamente como flotar en el aire, tal vez la misma sensación sentiría Neblina al volar.

Me angustiaba sobremanera llegar a mis clases, los nervios me invadían por la interacción que habría de mantener con los otros niños. Pero la hora inexorable llegaba, al final de la clase mis atemorizantes nervios me invadían aún más porque el maestro de natación nos mandaba a los vestidores.

Una vez adentro, veía a los niños mayores, a los adolescentes que también iban a clases. De alguna manera una fuerza arcana se apoderaba de mi espíritu, un ímpetu incontrolable que me orillaba a ver los cuerpos desnudos, principalmente los de aquellos que ya no eran tan niños como yo; tenían caras de infante pero cuerpos de hombre.

Mientras mis compañeros de clase se iban a las regaderas, yo aguardaba en algún rincón estratégico, simulando buscar el jabón que evidentemente veía en cuanto abría mi maleta de baño.

Lo buscaba y lo buscaba, según yo, pero en realidad aguardaba sentado, viendo las torneadas piernas de aquellos jóvenes, piernas fuertes, macizas, atléticas, algunos ya tenían pelos, otros no.

Los observaba por detrás, con sus glúteos firmes, levantados, muy bien proporcionados en contraste con el resto de su cuerpo, me encantaba ver sus glúteos blancos o morenos pero duros, siempre muy duros, como piedras. En sus espaldas se formaban también músculos fuertes, algunas espaldas comenzaban a tomar la forma de un triángulo invertido.

Me causaban una inexplicable fascinación dos pequeños hoyitos que tenían por encima de sus glúteos, como flechas apuntando a la división de sus redondas y endurecidas nalgas. Yo pensaba que en esos agujeritos bien podrían caber mis pulgares, pero también la punta de mi lengua.

Yo hubiera dado todo por que aquellos instantes pasaran más lentos, quería paralizar el mundo para que pudiera observarlos toda la tarde, todo el día. Y no sólo mirarlos, sino también tocarlos. Ojalá pudiera jugar a los encantados con ellos mientras permanecían en la ducha, y así yo encantaría a todos y cada uno para que se quedaran inamovibles por eternos minutos, y yo en ese tiempo de encantamiento los acariciaría, recorrería la entereza de sus atléticos músculos.

Algunos de ellos jugaban, se pegaban traviesos con sus zacates, se aventaban agua, se daban manotazos. Yo quería sumarme a sus juegos, pero no con ese salvajismo, no. Yo deseaba entrar con mi desnudez para que todos ellos me acariciaran el cuerpo, para que me besara uno y luego el otro y luego el otro, ambicionaba que se pelearan por besarme mientras posaban sus musculaturas frente a mí para que yo eligiera al que más me satisficiera, al más fuerte pero también al más guapo. Me quedaría al final con el que fuera más caballeroso conmigo y, naturalmente, que también fuera el que tuviera más vigor y vellos en su intimidad.

Lo que más me gustaba era verlos por enfrente, con sus ojos cerrados mientras se enjabonaban la cabeza. Los muchachos, vueltos hacia mí, me mostraban todo el esplendor de su desnudez, sus cuerpos delgados, sus músculos firmes, sus pectorales bien formados, la delgadez de sus torsos por los cuales deseaba resbalar mi lengua hasta llegar a sus ombligos, algunos con el ombligo salido como un botón, pero todos con el abdomen plano, marcado por petrificados músculos que parecieran ser moldes de acero inquebrantables. Los cuellos largos culminaban en clavículas perfectamente delineadas.

Me invadía el deseo por acariciar los duros vientres y dejar mi mano allí, sintiendo la dureza de sus músculos moverse. Al culminar el abdomen, me gustaría posar mis manos en sus dos huesos de la cresta ilíaca, según el libro de *Fanny Hill* ése era su nombre: los dos huesitos que se asoman a los costados a la altura del ombligo, esa zona me parecía sumamente hermosa, era una especie de premonición de lo que vería más abajo, el santuario de mis anhelos, una sombra negra y gruesa que contrariaba a mi sosiego, observar aquella nubosidad de negrura grotesca llevaba mi cordura hasta el mayor de los delirios; me invadían irrefrenables deseos del pecado, ansiaba correr hacia ellos y tocarlos, meter todos sus pelos oscuros a mi boca, olerlos, introducirme por completo y empaparme de su sudor, de su hombría, y después agitaría sus grandes serpientes con el mismo desparpajo con el que ellos lo hacen, lo suben, lo bajan, lo chocan con sus muslos, lo jalan, todo eso mientras lo limpian, como si estuvieran lavando un muñeco de trapo.

Así yo lo jalaría, lo sacudiría de un lado a otro, muchos jugaban con sus pellejitos, para arriba y para abajo, también se lavaban por dentro y se asomaba una piel lubricada, delicada. ¿Cómo sería desnudar esa cabeza de hongo con mis labios, suave, dulcemente?, ¿a qué sabría?, me preguntaba en el rincón de las bancas en el área de las regaderas, mi zona de deseos proscritos.

Cuando ya no había nadie en las duchas, optaba por bañarme. No me gustaba que nadie viera mi privada desnudez, mucho menos porque mi pequeña rosa, mi adorno de muñeca, evidenciaba mis saturadas e indecibles emociones.

Buganvilias

Nunca me atreví a decir que me gustaba el púrpura y sus variaciones por temor a que descubrieran mi más íntimo secreto, pero a mi abuela Ewa le tenía mucha confianza, así que, un tanto apenado, un día que visitamos al dentista le pedí que me comprara ese cepillo morado que brillaba ante mis ojos. Ella decidió comprarse uno igual al mío, pero color verde. Su cepillo y el mío, juntos, se asemejaban a las buganvilias del jardín.

Cuando me preguntaban por mi color predilecto, fingía no escuchar o rápidamente cambiaba el tema de conversación. El púrpura me recordaba al fucsia de las buganvilias, a aquellos pétalos que se cristalizaban en la marea del follaje verde junto a las otras flores del jardín. Mi cepillo de dientes también me evocaba el olor de la lavanda. Cuando lo introducía a mi boca para cepillar mis dientes, me gustaba pensar que los pétalos de estas flores acariciaban mi dentadura; cerraba mis ojos y veía flores emergiendo de mis labios, un estallido purpúreo que sería la reminiscencia de mi espíritu femenino. A través de mi aliento, de mi voz, mi esencia femenina se asoma, aunque sea invisible, pero yo la presiento, yo sé que es ella adentro de mí, queriendo salir.

Cuando mi abuelita falleció, tiramos su cepillo de dientes a la basura. El tiempo pareció pasar muy lento en el momento en que vi su cepillo caer en el precipicio de los desperdicios, de lo inservible y lo olvidado. Mis ojos se silenciaron, abiertos de eternidad por un instante recorrieron todas las memorias con ella, sus abrazos, sus besos; mis pupilas escucharon su risa, la vi colocándose sus pendientes de medias perlas, la vi con su sombrilla negra y puntiaguda, como alas de murciélago, expandiéndose en el parque, junto al lago de Chapultepec, paseándome en mi carriola; vi toda su vida a mi lado pasar mientras su cepillo suspendido se fundía con la negrura del fondo del cesto de basura, próxima al irremediable vacío lleno de olvido.

Tras caer su cepillo a aquel abismo, una hemorragia de congoja se desbordó en mí. Corrí hacia el baño, con lágrimas en los ojos, tomé mi cepillo púrpura y decidí también deshacerme de él, para que el suyo no se fuera solo al cielo, porque seguramente allá también ella asearía sus dientes. Hasta en sus últimos días lo hizo así, por eso poseía una dentadura blanquísima e impecable. Después de enjuagar su boca, volvía a dejar su cepillo en el mismo sitio de siempre, junto al mío.

Nuestros dos cepillos, verde y púrpura, yacían juntos entre el abominable cesto de materia opaca. Verde y púrpura. Púrpura y verde. Mientras la tapa del cesto se cerraba, como se cierra un lúgubre ataúd para la eternidad, me pareció haber visto una buganvilia emergiendo en medio de aquella oscuridad.

Mano santa

El púrpura, al igual que los números 7 y 5, son mis gustos secretos. Esas dos cifras son mis favoritas, los números de la feminidad. El 5 me agrada por su forma, semejante a una *S*, es tan misterioso como la cautela con que se expande por el suelo el eco de un tacón en movimiento en un cuarto semivacío; el 7, parecido a una *T*, es la inexactitud, me representa lo desconocido.

Cuando acompañaba a Adolfa por el mandado, a veces se compraba su boleto de lotería. En ocasiones me otorgaba la difícil decisión de elegir el boleto que creía iba a ser el ganador. *Tú tienes mucha suerte, mi niño. Tu mano es santa, elígeme el bueno*, me decía mientras miraba mis manos, sin parpadear, como si yo estuviera sosteniendo el más grande milagro, o como si entre mis manos albergara el futuro, como si fuera dueño del tiempo y el azar.

Yo siempre elegía el boleto que empezara con 7 y si no había, el que tuviera más sietes; si no me convencían, entonces elegía el que tuviera más cincos. Varias veces Adolfa llegó a ganar premios, eran premios menores. *¡Ganamos, mi niño!, ¡ganamos!* Cuando Adolfa ganaba, yo confirmaba su creencia de que mi mano era santa. Veía mis manos por largo tiempo y trataba de encontrar algún halo, algún indicio milagroso. Nunca lo hallé, pero no lo veía porque realmente la mano santa no era la mía, sino la de mi fantasma femenino que yace adentro de mi piel.

Fue ella la que eligió el cepillo color púrpura, era ella la que elegía los boletos ganadores de Adolfa.

Ni Narciso ni yo hicimos la primera comunión. Nos negamos rotundamente. Sorprendentemente, nuestra decisión fue respetada por la familia. Yo sentía una tremenda angustia de acudir al catecismo todas las tardes, me producía muchísimos nervios el entrar a cualquier actividad en donde hubiera niños desconocidos involucrados. Mi castigo era quedarme sentado en las largas butacas de madera labrada cada misa a la hora de la hostia. Tenía que soportar la vergüenza de ver a otros niños, incluso uno que otro menor que yo, formarse por su hostia, y yo, mientras, simulaba distraerme mirándome las uñas.

Un domingo de misa de doce, a la hora de la hostia, mi abuela Ewa comenzó a platicar con su vecina en turno, esperando a que la fila de gente se fuera para entonces pasar con su entrañable amiga, Graciela Viuda de Berriozábal, por sus respectivas hostias. Como las vi tan entretenidas en su conversación, decidí cometer el gran pecado.

Con mi mano santa ajusté mi corbata de moño para que el cura me viera bien arreglado y no sospechara de mis infames intenciones. Me formé, con la mirada en el brillo de mis zapatos de charol lustrosos, esperando desaparecer de toda sospecha de cualquier conocido que pudiera reconocerme y evidenciar mi engaño, mi usurpación, temía que alguien me preguntara por qué estaba formado si yo no era merecedor de la hostia, del cuerpo de Dios. Pero nadie me notó.

Conforme me fui acercando al cura, escuché que le decía a las personas *El cuerpo de Cristo*, y respondían *Amén*. Cuando llegó mi turno, con la boca llena de mentiras, le respondí, *Amén*, y colocó la blanca e insípida oblea. Corrí hacia mi lugar, sin que mi abuela Ewa o Graciela Viuda de Berriozábal se percataran de mi arrebato. Esperé que algún cambio sucediera en mí, alguna revelación, alguna epifanía celestial, pero nada de eso ocurrió.

Al salir, acompañamos a la señora Berriozábal a su espléndido automóvil, herencia de su difunto marido. Su voz era ronca, al hablar se le notaba la riqueza, sobre todo al reír con su despreocupada risa que hacía temblar su cuello, desparpajadamente vencido por la gravedad de los años. Siempre vestía de negro, incluso sus zapatillas de seda y sus guantes de flores bordadas eran eternamente negros, manteniendo el luto de su esposo, el magistrado Berriozábal, un hombre muy reconocido entre familias de abolengo. Lo único blanco que portaba la señora eran sus agobiantes perlas alrededor del cuello, que se podían vislumbrar incluso a través de los negros velos y encajes, y a pesar también de la sombra de su oscuro sombrero emplumado, que ocultaba del sol rampante su añejo rictus.

Por supuesto que las joyas de Graciela Viuda de Berriozábal no opacaban a las de mi abuela, Ewangelina Schneider; ella, experta en la más fina elegancia, era receptáculo de los mejores halagos en cuanta reunión asistiera. Desde siempre, sus inmejorables perlas, así como el resto de sus joyas, por no mencionar también su inigualable belleza, causaban la envidia de todas las mujeres de la familia política, de joven pero también en su avanzada edad.

Con mi santa mano me gustaba tocar las iridiscentes perlas blancas de mi abuela, las extraía de su alhajero cuando nadie me veía. Las sacaba sintiendo su majestuoso peso, estaban impregnadas de su olor, de sus varios perfumes; me agradaba pensar en algún día poseer todas sus perlas, siempre con olor a ella. En otro alhajero tenía las perlas negras, algunos collares eran largos y otros cortos, pero todos colosalmente divinos, y todos, invariablemente, olían a su indeleble fragancia, que parecía ser su esencia misma; sacaba aquellas joyas oscuras y me extraviaba en su eterna negrura.

La muñeca Lupita

Conservaba las monedas de oro y plata que me daba mes con mes mi querido padrino, David, hermano de mi madre, en un precioso payasito de cerámica con una gorguera en el cuello, pintado a la perfección con lunares de colores en su traje blanco, los pliegues de su ropa muy bien marcados. Sus muñecas de abultadas telas de tul, que me recordaban a las nubes, dejaban relucir sus manos de delicados dedos alargados cubiertos por guantes blancos. Al payasito le pinté unas chapas para darle aún mayor vida. Pleno, mi payasito agudizaba su sonrisa cada vez que una moneda caía en sus entrañas, sobre todo si eran de oro.

Acompañaba a Adolfa al mercado de La Lagunilla, como siempre, sujetando su mano. Habíamos estado comprando verduras, frutas, especias y pollos, ¡mutilados! Me horrorizaba sobremanera recorrer los pasillos de las carnicerías, además de ver gallinas colgadas de ganchos metálicos, veía sus piernas y sus alas enajenadas de todo; miraba también las piernas de los puercos con sus uñas ensangrentadas, me daban náuseas y mucho dolor, al igual que sus cabezas sin ojos y con las bocas estrepitosamente abiertas que parecían gritar del dolor.

Felisindo me contaba cómo eran las muertes de los puercos. *Tienen voz humana, te das cuenta ratito antes de su muerte, porque corren gritando como personas, corren gritando por su salvación, se les escucha el miedo, el miedo de la muerte, ya lo sienten, ya lo ven venir, y huyen por sus vidas escurriendo chorros de sangre, pero sus vidas no tienen ya escapatoria. Los puercos mueren del dolor. A mí por eso casi no me gusta la carne de puerco, porque yo siento que me estoy comiendo su dolor, ¿ves? Pero su carne se vende muy bien, y ni modo, a uno le tocó ser pobre y Dios me dio la vida de campo.*

A veces en mis sueños yo veía esas cabezas sin ojos con lágrimas de sangre escurriéndoles; me gritaban hasta despertarme por las noches, repleto de sudor.

Pasando los pasillos de la carnicería en el mercado de La Lagunilla, seguían los pasillos de ropa y enseguida, rumbo a la salida, atravesábamos las secciones de juguetes. Los juguetes del mercado eran hermosos, a pesar de los modestísimos materiales con que estaban hechos. Miles de bolsas de canicas colgando, baleros de madera pintados, trompos de diferentes tamaños y colores, pero lo que más me gustaba, por encima de todo, eran las Lupitas, aquellas adorables muñecas de engrudo y barro pintadas a mano, con vestidos coloridos y joyería muy bien hecha, me daban la impresión de que eran ninfas. Semejantes a las muñecas de celuloide, pero harto más modestas; aún así, sus preciosos rostros de largas pestañas me colmaban de fascinación, con sus boquitas de corazón y sus ardientes chapas, siempre muy seriecitas. Las que estaban sentadas tenían sus piernas abiertas con descaro, como añorando ser poseídas por algún soldado de madera vecino.

En alguna ocasión, mientras me dirigía hacia la salida, de la mano de Adolfa, como siempre, volteaba al estante de las Lupitas abiertas de piernas, para mi sorpresa, en medio de todas, yacía, sobre una base circular de terciopelo rojo, una reluciente corona de ensueño, repleta de brillante pedrería y, como si fuera poco, ¡una varita igualmente de inusitadas piedras brillantes sostenidas en su punta! Ay, Dios mío, mi estómago fue invadido por una suerte de revoloteantes mariposas diamantadas. La Lupita recargada en la base de terciopelo rojo, la de ojos centelleantes y pendientes dorados, me guiñó el ojo.

Lo tomé como una señal...

Un buen día, cuando Adolfa me preguntó si la quería acompañar al mercado de La Lagunilla, sin dejarla terminar la pregunta, brinqué diciéndole que sí. Le dije que iba por mi portafolio de piel, el que me llevaba a la escuela. Subí corriendo a mi alcoba, vacié mi portafolio lleno de libretas. Enseguida me dirigí hacia mi adorado payasito que guardaba la totalidad de mi riqueza, le pedí perdón por la difícil decisión que había tardado tantas horas en tomar. Había llegado el momento. Me horrorizaba saber que nunca más iba a volverlo a ver, pero sabía por dentro que él se alegraría por mí, lo pegué a mi corazón cerrando los ojos, lo vi por última vez y me sonrió en una última ocasión. *Perdón...* le repetí. Y con fuerzas lo azoté contra la pared. Centellas de oro y plata cayeron a la alfombra. Aún con dolor, recogí todas las monedas y las vacié sobre mi portafolio. Antes de salir de mi habitación, volteé a la zona del desastre; mientras limpiaba mis pesadas lágrimas, un pequeño rayo de luz, proveniente de un ojo suelto de mi amado payasito, me dio la fuerza para ir a atrapar mi sueño.

Llegué al mercado de La Lagunilla con Adolfa. Mientras ella se distraía eligiendo las cebollas más grandes del puesto de doña Arnulfa, corrí hacia el pasillo de los juguetes, la señora del puesto se espantó al verme, por mi precipitada aparición. Sabrá Dios con qué cara habré aparecido para causarle tremendo susto. Como no podía hablar por mi abrumante agitación, le señalé la brillante corona con mi índice. La señora no entendía, y a mí me urgía regresar al puesto de doña Arnulfa, antes de que Adolfa se percatara de mi desaparición. Saqué todas las monedas de oro que llevaba en mi portafolio, finalmente pude hablar, *¡Quiero esa corona con la varita, y también esta muñeca!*, le dije apresuradamente señalando a la más hermosa de las Lupitas, *...no son para mí, son para mi hermana*, me justifiqué con mis manos sudadas, volteando a ver si no venía Adolfa.

Por los nervios, le di absolutamente todas mis monedas a la vendedora, y enseguida guardé mis nuevos tesoros en mi portafolio. La señora me iba a decir algo, pero yo corrí de nuevo al puesto de doña Arnulfa.

¡Adolfa ya no estaba, había desaparecido! Doña Arnulfa me dijo que Adolfa se había espantado sobremanera y que había corrido a buscarme, seguro pensó que un robachicos me había secuestrado. ¡Llamaría a la policía y ésta me encontraría *in fraganti* con mi corona y mi muñeca! Pero, y si no me encuentra nadie...

Volteé hacia un lado y hacia otro. Nada... Era un castigo que Dios me había mandado. Me había condenado a la eterna soledad por hacer caso a mis femeninos impulsos. Pensé lo peor, mi vida en la calle, bajo las lluvias, completamente abandonado.

De pronto vi a Adolfa al final del pasillo, con las manos abiertas, aterrorizadas, como queriendo atrapar al pasado para que no me le fuera de sus manos. Gritándole, corrí hacia ella, *¡Adolfa, Adolfa!*, volteó y vi su cara de an-

gustia, ¡pobre Adolfa! Le pedí perdón, llorando, apretando su suéter de estambre agujereado, con la certeza de que no me volvería a separar de ella.

Al llegar a mi casa, tras la promesa que hice con Adolfa en el tranvía de guardarnos el secreto de lo ocurrido, corrí a mi habitación, guardé mis tesoros en una caja de zapatos, y la metí al fondo de mi armario. Nadie los encontraría, todos pensarían que eran un par de botines más.

Cada ocasión en que quisiera ver a mi muñeca, correría a mi caja de zapatos, la abriría y la vería saludarme, flotando en la penumbra del armario. Y mi corona finalmente adornaría mi cabeza, como las niñas hermosas de los concursos de belleza, quizá me convertiría en una mujer en el momento en el que la usara. Yo sería mucho más bonita que todas ellas juntas, no habría niña más bella que yo, sería la envidia de México. *Ay, pero qué encanto de niña*, diría la gente, *¡Ay, pero es un verdadero primor de muchacha!* El momento definitivo de mi feminidad sería ése. Quizá Leonora esperaba aquel instante para salir de mis entrañas, quizás estaba dándome pistas para emerger como aura fantasmal por mi boca, una contorneada por rosas negras envueltas en su larguísimo cabello.

Satisfecho me senté en mi cama, volteando a ver al pavorreal de mi cabecera, cómplice de todos mis secretos, en sus ojos de esmeraldas almacena la memoria de cada uno de mis pensamientos.

Tal vez mi pavorreal, con sus pupilas llenas de misterios, conozca la imagen de mi hermana Leonora, tal vez él vea en mí sus rasgos, ¿se parecerá a mí? ¿Será que tenemos los mismos ojos, la misma boca? Ella, sin duda, me da la hermosura que poseo.

Recordé que tenía que recoger los esparcidos restos de mi amado y sacrificado payasito, pero al voltear a la alfombra sus despojos habían desaparecido, se habían esfumado.

Entrevista (segunda parte)

2 de marzo de 1926

J: Me hablaba sobre su gusto por la fina joyería. ¿Qué me dice del maquillaje? Permítame decirle, tiene un gusto exquisito en todos los sentidos... es decir, también en términos cosméticos.

C:

> *Maquillo mi rostro*
> *con sombras negras alargadas,*
> *son la reminiscencia*
> *de mis expandidas alas.*

Muy a la orden, querido. La joyería me da vida, adorna mi persona, complementa mi espíritu y así lo hará hasta el día de mi muerte. Lo mismo sucede con la alta cosmética. Te voy a leer un poema que escribí hace unos años, te lo leeré tal y como lo redacté en aquel entonces. *Esmalte de lágrimas*:

Uñas esmaltadas por el llanto,
veo mis manos   y no las reconozco
                              son las mismas manos

de siempre
                    pero con uñas
                                    largas
                                        filosas
                                                punzantes
uñas
        que cortan el viento,
                    que cortan
                                mi gélido tiempo en el pasado

Entierro mis uñas en la tierra
            y del suelo   emerge sangre

Asustado,
            veo mis manos manchadas
                    de una pálida negrura,
                            de una sombra interminable
                                    en mis uñas   alargadas

El pecado feminoide
            encarnado entre mis huesos
                    me distingue de los hombres
                            y florece por mis dedos

Consideran a mis uñas esmaltadas de azabache
            diez aberraciones
                    mientras yo veo
                            en la punta de mis dedos
                                    un jardín de negros tulipanes.

Mi maquillaje, querido, me vuelve aún más hermosa de lo que ya soy por naturaleza. Mis cosméticos me permiten decorar mi rostro como si fuera un blanco lienzo en el cual yo pinto, mezclo colores para crear una obra angelical. Me gusta parecer una muñeca de celuloide, como la que nunca tuve.

El día en que yo muera, habré de fenecer con el encanto de mis joyas enraizadas en mis largos dedos, con mis pendientes de esmeraldas o zafiros, con mis agobiantes y kilométricos collares de perlas de río a mi cuello enredados; con mis circulares chapas, del color de la amapola, selladas sobre mi sublime rostro de oscurecidos párpados por sombras negras, como un cisne, y por supuesto, con mis labios carmín, el más pálido sobre la faz del universo.

J: ¿Qué me dice, Cayetana, sobre sus boquillas? Con frecuencia en mis visitas noto que tiene distintas. Disculpe usted mi indiscreción...

C: No te disculpes, querido, me encanta tu pregunta. Te contaré, comencé a usar boquillas en mi adolescencia. Al inicio eran cortas, discretas, como las que usaba un amor de juventud de mi abuela, el sargento coronel Mercurio, en este momento no recuerdo su apellido, pero me contaba mi abuela Ewangelina que era un hombre muy apuesto, gallardo y adinerado, se engalanaba con gasnés de seda, mancuernas siempre de oro o plata, y corbatas de estampados exquisitos. Deslumbró a mi abuela su impecable vestimenta, su arreglo lineal y su caballerosidad sin igual, además de su galantería y sus facciones militarmente viriles. Y claro, fumaba con boquillas labradas de tamaño relativamente pequeño.

Pero eso fue una especie de azar; como te decía, yo comencé a usar boquillas casi cuando recién aprendí a fumar, mi mayor vicio, acaso el único además de mi adicción por los hombres jóvenes y apuestos, por supuesto.

Al principio yo inventaba excusas para usar mis pequeñas boquillas, ocultando todo gesto de feminidad bajo una máscara de elegancia. Respondía a quienes, curiosos, preguntaban por el artefacto que sostenía mis cigarrillos El Buen Tono. Yo respondía que *la uso para que mis uñas no palidezcan, para no tornarse lívidas el aroma del tabaco en mis dedos es repugnante*, siendo que me fascina en mí, sobre todo cuando se mezcla con la fragancia de mis perfumes; y en un apuesto caballero me resulta aún más excitante, el aroma de su colonia y el penetrante olor de tabaco.

Eventualmente, el tamaño de mis boquillas, como la vorágine de mis cuestionamientos, fue aumentando. Y yo me empecinaba por inventar pretextos a cuantos preguntaran. Incluso llegué a buscar la simpatía de los demás conforme fue creciendo la longitud de éstas: *el médico me sugirió alejarme del cigarrillo, y yo, simplemente obedecí.* Malditos morbosos, mi frente se convirtió en sudario regado de gotas nerviosas con sus inoportunas preguntas a lo largo de mi temprana juventud.

Hoy ya no me molesta, estoy plenamente convencida de que las uso por su belleza, porque me parecen de lo más chic, entre más largas, mejor. Poseo más de treinta. Me deleita conservar entre mi ajuar accesorios de fumador. Cada vez que viajo, dentro o fuera de México, acudo a tiendas de antigüedades y adquiero algún encendedor curioso, boquillas, pitilleras, pipas, aunque casi no uso pipas; también atesoro la pipa de mi abuelo, una muy fina de roble labrado.

La poetisa Cayetana extrae del cajón de su buró, repleto de boquillas de diferentes colores, tamaños y texturas, una boquilla en exceso larga, de madera y con la punta de oro.

Sólo espero que en el futuro, a nadie nunca se le ocurra la estupidez de prohibir fumar en lugares cerrados —*afirma la poetisa con su cigarrillo en la boca. Me apresuro a encendérselo y enseguida lo coloca en la punta de su longitudinal boquilla.*

J: Cayetana, ¿ha sido usted amada?

C: Tú me responderás… A los dieciocho años tuve un novio, el único novio que he tenido. Soy una mujer difícil, no es fácil comprenderme. En la preparatoria conocí a un muchacho, Arturo, que estaba extremadamente barroso de la cara, me parecía un chico soso, pero estaba profundamente embelesado conmigo, lo notaba porque me buscaba a todo momento, también estudiaba en mi colegio, pero él tenía tres años más que yo, se encontraba cursando el último grado, y cada vez que me veía iba a buscarme, a hacerme la plática. Yo me sentía halagada, pero al mismo tiempo no me sentía atraída hacia él, por sus tremendos y odiosos barros.

Pasaron los años y en alguna fiesta me lo encontré, estaba deslumbrantemente renovado, era otro; había adoptado aires atléticos, se notaba en su porte, en su cuerpo y en la ausencia de barros. Se acercó a mí con su frac impoluto y un clavel en el ojal. *¿Te acuerdas de mí?* Pues cómo no me iba a acordar de él si nadie me había prestado la atención que él me daba. A partir de esa noche comenzamos a salir, yo ya tenía dieciocho años, comenzaba a estudiar mi licenciatura en Psicología, él cursaba Negocios o Comercio o algo relacionado con la Contaduría, lo cual me atrajo bastante. No sé por qué siempre me han cautivado los hombres de números, tal vez porque ocultan una metodología numéricamente calculada para cortejarme.

Iba a mi casa todos los días, yo inventaba a mis padres que era un amigo y que saldríamos en su Cadillac a pasear.

La verdad es que me iba a ver y nos estacionábamos cerca del Bosque de Chapultepec, debajo de las cómplices arboledas. Ahí me declaraba su amor a diario, me hacía reír muchísimo, me sentía extrañamente excitada; era algo muy nuevo para mí, nunca me había sentido tan emocionada con las palabras de un hombre, yo seguía siendo un tanto tímida, principalmente cuando un hombre me gustaba. En una ocasión tomó mi mano y me miró fijamente, me dijo que estaba profundamente enamorado de mí, que no conocía a nadie como yo, que era única... Bueno, ya sabes, en ese entonces aún era «único», pero te lo seguiré contando a mi manera. Cuando tomó mis manos me sentí muy incómoda porque desde siempre han sudado en exceso, son raudales de ríos infatigables. Sonrojada, le hice saber mi incomodidad, a lo que me respondió: *Amor mío, tus manos son hermosas, son únicas, no me importa si tienen o no sudor, tú eres perfecta para mí...* y lentamente abrió la palma de mis manos para empapar de mi sudor las suyas, las frotaba una con otra, como queriendo impregnarse de mí hasta el cansancio; luego, las cerró y besó delicadamente con sus ojos fijos en los míos, observando con cálculo mi reacción. Yo no sabía qué hacer, qué decir, sólo pensaba en entregarme por completo a él: él era el indicado para desflorarme.

En otra ocasión me pidió hacerle una felación. Yo estaba sumamente dispuesta pero antes necesitaba ser oficialmente su novia. Le dije que no podía hacer felación alguna sin ser su novia. Era una noche lluviosa, me tomó con suavidad de mis mejillas y me preguntó: *¿quieres ser mi novia?*, a lo que respondí afirmativamente. De inmediato me agaché para sentir en mis labios su inagotable vigor vertical, su ígnea armadura fálica de un grosor y un largo inexplicables. Jamás había presenciado algo similar, por lo que metí ansiosa su entera masculinidad en mi boca, me apoderé de ella mientras él repetía: *mi amor, no metas los dientes, ¡auch!, mi amor...* y luego se contorsionaba de placer, hacía gestos que aún no olvido; con sus manos me empujaba para llegar más hondo. De pronto, sentí una incandescente erupción dulce entre mis labios, una erupción frenética e imparable, acompañada de sus vigorosos gemidos...

Cuando su madre salió de viaje, me recogió para llevarme a su casa. En cuanto llegamos, me tomó de la mano y me llevó a su habitación, comenzó a besarme y yo a él. Disfrutaba como nada en el mundo que me ciñera por la cintura, acercándome a su cuerpo con sus brazos atléticos y lozanos. Me trataba con una delicadeza indescriptible, acariciaba mi piel como si fueran pétalos, como si mi cuerpo fuera exquisitamente quebrantable. Deslizaba mis prendas para desnudarme, a mí me gustaba estar desnuda frente a él vestido, me daba una sensación de fragilidad, le otorgaba mi endeble desnudez y luego él se desnudaba también. Cuando desabotonaba su camisa, su torso tomaba la forma de una escultura griega, con un abdomen sumamente pulido, torneado, limpio, lampiño, y al levantar los brazos se veían sus sombreadas y enmarañadas axilas: el atisbo de su sexo. Esa tarde, por primera vez, me sentí mujer a través de su mirada, de sus ojos, de sus palabras. Me trataba con suma delicadeza, acariciaba mi volcánica zona femenina, mi tulipán abierto, mis labios de hembra; mientras la elasticidad de mi desnudez, tan flexible como la seda, se enredaba entre sus músculos, en ese cuerpo de hierro maleable. Aunque al momento en que Arturo ingresó en mí, sentí el dolor de la pérdida de la virginidad, la pérdida de la inocencia, el dolor de pasar de señorita a mujer. Cuando erupcionó en mí, me pidió apretar su abultada zona testicular, su suavidad masculina. Me conmovía el hecho de albergar sus espermas en mi interior. Seguramente si hubiera logrado cobijar y dar refugio a sus espermas durante nueve meses, podrían haber proliferado de mi cuerpo niños hermosos con la cara de Arturo, con su cuerpo, con su voz... Serían mis bebés, yo los amamantaría, los cuidaría día y noche mientras escribiera para algún periódico, para *Revista de Revistas*, por ejemplo... Arturo trabajaría en un banco importante con su traje límpido que le daría esos aires de gallardía que lo caracterizaban; al regresar de su trabajo, sonriente, me vería a mí, me daría un beso en la frente, miraría a nuestros niños, los cargaría para hacerlos reír, nuestros bebés se alegrarían de ver a su padre regresar a casa...

Yo sólo quería tener a alguien a quien cuidar, alguien que me cuidara a mí. Pero no, realmente yo era una asesina. Me sentía una matricida al no poder proveerlos de vida. Los espermas durarían vivos en mí sólo unos cuantos minutos, tal vez días, y al no encontrar refugio en mi cuerpo morirían en mis adentros, en mis infértiles campos nobles. Morirían asfixiados, como Leonora.

Nunca podré tener un bebé de carne y hueso que emane de mi cuerpo. Mi anatomía me impide ser madre de niños, pero eso no me hace menos mujer. Una mujer no es mujer en la medida de su fertilidad. Una mujer es mucho más que sus ovarios. Veme, aquí estoy yo, con mis ovarios de luz produciendo estrellas a todo momento. Te repito, soy tan fértil que siempre estoy pariendo. Pariendo estrellas. Algún día los astrónomos descubrirán que en esta tierra un evento cósmico inusual, sin precedentes, tomó lugar. Ese evento cósmico soy yo.

Yo soy la encarnación de Coatlicue, querido, soy la madre de las estrellas.

Escucha mi siguiente poema, *Mi recinto infértil*:

Vierte tu miel, tu sudor de oro, en mi recinto infértil.
Llévame contigo
mediante el recuerdo
de tus caricias en mi piel,
en la desnudez
de la noche diamantada.

Vierte tu sábila platinada en mi recinto infértil.
Regrésame a ese instante
de silencios apacibles
bajo la gema lunar.
Regrésame a ese instante registrado
en la sombra de mi sombra,
cuando tu blanca mano ciñó mi cintura
y ardiente se agitó mi eclosionado palpitar
de rojas amapolas,
mientras susurrabas a mi oído:
«no te irás de mi memoria, no te voy a olvidar».

Vierte tus níveas lágrimas de sueño en mi recinto
infértil
y háblame en tu idioma para mí desconocido,
háblame con tu voz que muda de niño a hombre,
de hombre a niño,
en el calor naciente de tu cama
y en el frío que a la avenida ahorma;

con tu voz de seda que envuelve mi piel
y me convierte en maremoto embravecido
al deslizarse entre mis muslos tu gallarda forma.

Vierte tu aceite de hombre, salitre y dulce, en mi
recinto infértil.
Cuando tu brazo levantas, en tu cama recostado,
se desvela en tu axila
un pájaro silvestre enmarañado,
indómito y rebelde.
Acaricio con mi lengua   a esa oscura ave
anidada en tus axilas,
a esa criatura: el vislumbre de tu sexo.

Vierte tu lava en mi glaciar recinto infértil.
Dame la fementida esperanza
de no engendrar tan sólo muerte.
Toma mi mano, mi cuerpo de hielo,
y descongélalo con tu aliento.
Cura mi abandono, cúrame del olvido,
irrumpe con tu miembro
ígneo, viril y cristalino
en mis redondos muros de arena,
donde yace mi ovalado ventanal
que alberga en su interior
un sistema de galaxias enteras.

Vierte tu semen flameante en mis fértiles recuerdos.

La historia entre Arturo y yo fue muy efímera, duró tan
sólo tres meses, pero fueron los más intensos de mi adolescencia. Lo amé hasta el cansancio y le entregué todo de

mí, pero él no me supo cuidar, me desdeñó terriblemente. Con el transcurso de los días, comencé a notar que ya no me buscaba con el entusiasmo de antes, nos dejamos de ver con la misma frecuencia, y cuando nos veíamos, por alguna razón no lo sentía entregado a nuestra relación. Recuerdo que tuvimos una fuerte discusión, me hizo llorar mucho; tanto que cuando fue a dejarme en su automóvil a mi casa, unos vecinos que iban saliendo de la suya me vieron agobiada por mi llanto. Le pedí a Arturo que se estacionara en otro lado, lo hizo y al despedirse fue profundamente seco.

A la semana siguiente fue a buscarme nuevamente y llevaba escondido en su espalda un pequeño ramo de gardenias. Ésa ha sido la única ocasión en que alguien me ha regalado flores. Me pareció tan sublime gesto que lo perdoné inmediatamente, sólo pensaba en volver a amarlo sin importar aquella discusión. Se veía tan pueril acercándose a mí con su cara de arrepentimiento y al mismo tiempo tan tierno, que cuando me entregó las gardenias sólo las tomé; cerré mis ojos y olí el ramillete tan puro, tan blanco... mi cuerpo se volvió materia delicuescente y me entregué a él; me derretí en sus brazos, en sus labios. Además, iba muy bien vestido, peinado con su gomina Brancato, con la cual su cabello lucía esplendorosamente galante, peinado de lado, su bigote delgado, afrancesado, su chaleco de estudiante universitario... No había manera de despreciar su belleza masculina.

Lo perdoné, incluso asistí a su fiesta de cumpleaños, en donde conocí a su amigo Eduardo, un muchacho del que me enamoré desde esa noche. Recuerdo que Arturo se mostraba inquieto e intrigado porque toda la velada estuve platicando con el carismático Eduardo. Sabía hablar muy bien, me mantenía entretenida a todo momento con sus conversaciones; se metía tanto en el tema de política exterior y nacional, que hasta elevaba su tono de voz, no sólo por el calor del alcohol, que tanto le gustaba, sino porque realmente se apasionaba en su conversación, lo cual me parecía muy excitante, porque a los pocos minutos nuevamente me mostraría su fuerte y jovial dentadura que tanto soñaba mordiera mis labios, esa sonrisa que ansiosamente anhelaba besar. No merece la pena que te cuente lo acontecido entre Eduardo y yo, fue muy vago, tan real e inasible como el humo —*Cayetana deja escapar el humo lentamente entre sus labios semejantes al granate, teñidos de sangre.*

A los pocos meses, no sé cómo salió el tema, pero Arturo me confesó vilmente que el amor de su vida vivía en Guadalajara y que lo había conocido en su infancia. Me pareció un arrebato poco educado e ineficaz en nuestra relación. Me sentí indignada, herida, ofuscada y ninguneada, por lo que lo mandé directito a la chingada. No lo pensé dos veces, soy muy impulsiva y se lo solté desde mis entrañas.

Me dolió mucho asimilarlo, pero con el tiempo comprendí que fue lo mejor que pude haber hecho. Ahora ya no le guardo ningún rencor, no somos amigos, pero si me lo encuentro en la calle por supuesto que lo saludaría. Él me abrió las puertas del sexo, me desfloró, me hizo sentir más mujer de lo que ya era… Mis miedos en su lecho se esfumaron mientras me tomaba de la mano apretándola con delicadeza, proveyéndome de la seguridad de la que yo carecía; me hizo sentir cómoda con mi entonces inédita desnudez, me besó a todo momento, moldeó mis glúteos como si fueran cerámica fresca. Me ayudó a percibir lo valioso de mi cuerpo.

Después de nuestra ruptura, pasaron los años y nos volvimos a encontrar. Inmediatamente supimos que el deseo de volvernos a mezclar permanecía intacto. Me invitó a su departamento de soltero y tuvimos el mejor sexo que pudiéramos haber tenido, ni siquiera cuando fuimos novios experimentamos lo que aquella tarde. Comimos comida italiana y después nos desnudamos bajo la luz del atardecer, que entraba por su ventana. Me deleitaba lamiendo sus selváticas axilas, tanto como él acariciando con su lengua la diafanidad de mis pechos, de mis pies, de mi cuerpo entero. Se recostó y con sus brazos me cargó de tal manera que mi delicado y abierto tulipán quedó en su boca, nunca había sentido tanto placer como aquel provocado por su lengua en mis botánicos rincones... Quedamos exhaustos por la maleabilidad, la exquisitez de nuestros cuerpos enlazados. Me apoyé sobre su pecho con leves vellosidades, como pasto recién cortado; escuchaba los latidos revoloteantes de su corazón, me conmovía pensar que cada uno de esos latidos embravecidos eran provocados por mí, que cada uno era testigo de mi feminidad, de mis siluetas, del cuerpo de Arturo focalizado en mi femenina existencia. En mi placer de mujer.

Nos dormimos profundamente. Al despertar, volteé a la ventana. Era de noche. Rápidamente lo desperté: *Arturo, me tengo que ir, mañana tengo clases temprano y no he terminado mi tarea, ¡mis padres deben estar preocupados por mí!* Me vestí, me llevó a casa y al bajar del móvil me dio un beso intermitente, ¿has sentido esa sensación cuando te dan un beso que no ha terminado, así ya tus labios no estén acariciando los suyos? Pues así me pasó, me dio un beso sin fin, un beso que me sigue dando. Se despidió de mí con una dulce sonrisa, sin despegar sus ojos de los míos, hasta que desapareció en la oscuridad mientras me alejaba para entrar a mi casa.

Decidí albergar aquellos instantes en el rincón de la memoria, ahí donde habitan los recuerdos que son para la eternidad.

Segundero

El anhelo de la pausa,
cesura del feroz tiempo.
Que se torne intemporal
permaneciendo quieto el segundero.
De artificio es el sonido
—sinuoso insondable peso—
se olvida de mí en el día,
me acorrala durante largos sueños,
me acecha siempre en la tregua
mi sosiego interrumpiendo.
Sus mecanismos exactos
siendo de movimientos muy ligeros
se clavan en mi cabeza
llegando hasta mi cerebro.
Habitan, pues, manecillas
horadando mi cráneo, mi cerebro,
hasta la última de mis
neuronas, ¡oh!, persiguiendo.
Hondo, muy hondo he caído,
no encuentro rastros ya de mi denuedo,
reconozco ya no soy

tan joven, heme indefenso.
Cada segundo que pasa
me orilla hacia la linde en mundo opuesto.
Me acerco sin intenciones
a inevitables resuellos.
Cada membrana alojada
en mi piel, por la lumbre, por el fuego
cíclico es pulverizada
en ceniza lustre vuelto
al transcurrir los segundos.
Dermis languidecida en fríos sueños
donde la luz es de sombras,
espejismo de un funesto
y humeante porvenir,
cercana realidad —mis pies y el suelo
con idéntica distancia
que mi féretro y el tiempo.
Escucho umbrosos rumores
—proviene de un rincón un áspero eco—
de mi casa extraeré
tan malévolos objetos:
los sinsentidos relojes.
No quepo en limitado vano espectro,
en medidas temporales
porque yo soy, desde luego,
mucho más que veinticuatro
horas al día. Soy nube en el cielo.

VII

Virgen de las tinieblas

Cuando era hora de mi baño, Adolfa alistaba los preparativos para lavarme, en aquellos años cuando aún me ayudaba ella. En ocasiones le pedía un jabón para que mi baño caliente fuera espumoso, aunque a veces no había. Sobre todo, me entretenía en la tina con patos y barquitos flotantes. Me gustaba representar el hundimiento del monumental barco *RMS Titanic*, imaginaba la pléyade de joyas y tesoros perdidos en las aguas del mar a raíz de aquel desastroso evento, los anillos y collares de oro, perlas, todas las piedras preciosas que se habrían perdido allí.

Luego me aburrían los barcos y me sumergía en el agua. Aguantaba la respiración por incontables minutos, mismos en los que todo sucedía. El tiempo ahí transcurría distinto. Escuchaba lejanos los ruidos del exterior, como oquedades en el espacio, y un profundo sonido de quietud. Así es como escuchan la vida los animales en el mar. Pero, especialmente, sentía mi pelo expandiéndose a lo largo de toda la tina, mis cabellos negros tomaban otra dimensión, otro peso, otra textura; se volvían la extremidad más noble de mi cuerpo, la más delicada y la más sutil.

Mi lacia cabellera se esparcía por la blancura de la tina, como un lago anochecido. La noche de mis cabellos.

Cuando íbamos de viaje a la costa, yo corría al mar con mi máscara de buzo para poder observar el mundo bajo el agua, para recurrir de nuevo a la quietud que apaciguaba a mi atormentada alma. Los terrenos acuáticos me parecían un paraíso, las anguilas y los peces en sus castillos de coral... Los palacios hechos de piedras de mar y de extrañísimas flores que se movían, también, como mis cabellos en el agua.

Una vez adentro, buscaba los baúles de joyas caídos del Titanic, así los llevaría conmigo y podría nadar, en mi alcoba, en aquel mar de oro y piedras preciosas; pero nunca encontré alhaja alguna. Veía, en cambio, las celulíticas piernas de señoras que infames se atravesaban ante mis anteojos de mar.

Así que, un buen día, decidí partir hacia las profundidades, donde en lugar de estamparme con mujeres varicosas pudiera hallarme de frente a las sirenas. Avancé y avancé hacia el horizonte, poco a poco el suelo arenoso se iba alejando de mí y de la superficie del mar, a tal grado de no verlo más. ¡Estaba flotando en la nada!

De pronto saqué mi cabeza para ubicarme en el otro espacio, el de afuera, y me invadió un miedo terrible al ver que la playa se hallaba a kilómetros de distancia, el magnetismo del mar me había jalado con él; tanta era la distancia que había entre mi pequeño cuerpo abandonado en la nada y la microscópica gente de la playa, que puedo jurar haber visto la forma circular del mundo.

En ese instante decidí ir de regreso, temiendo que algún siniestro tiburón mordiera mis hermosas piernas, pero antes de partir decidí voltear por última vez a aquella ne-

grura, tal vez ya había llegado a la zona de las sirenas. No vi nada más que oscuridad. Pero, al retomar mi camino, de pronto me encontré frente a un hecho insólito.

Había delante de mis ojos una especie de delgadísima tela, como mantel de seda, negro o púrpura por arriba; blanco, del color de la pureza, por debajo. En la parte superior aquel ente estaba adornado por blancos lunares. Su delgado cuerpo se movía en ondas dentro de su inmovilidad. Parecía flotar. Ondulante me veía, porque tenía ojos; me observaba con sus negros ojos verticales y alargados, contemplándome como yo a él, a un brazo de distancia de mí. Con su alargado y expandido manto, parecía una virgen. La virgen de las tinieblas.

Alcancé a ver que también tenía una delgada y larga cola que se movía de formas misteriosas. Con sus blanquecinas formas escindidas por su negrura undosa, de pronto pareció erguirse frente a mí, pero... por alguna razón desconocida, una calma que jamás había experimentado se apiadó de mi ser y de mi entelequia, como cayendo mi cuerpo en profundo sueño, suspendido en el espacio.

No supe contar el tiempo que estuvimos frente a frente, pero fue suficiente para que me transmitiera aquel irrepetible sosiego. De un momento a otro, impulsivamente, recordé que estaba del otro lado del mundo, y agité brazos y piernas, entre el espanto y la zozobra, para llegar a tierra firme.

En un abrir y cerrar de ojos, vi desvanecerse a la virgen de las tinieblas, se escabulló hacia uno de sus lados, dejando un hilo de acuosa onda, como una hebra de viento bajo el agua. Yo creo que la asusté.

Aún me pregunto si aquella virgen habrá sido una sirena. Cuando me preguntan si creo en las sirenas, digo que sí.

Guantes blancos

En el colegio había ciertos días que exaltaban mis nervios, como la última ceremonia de cada año escolar, en la que los niños con mejor conducta subían a la implacable llanura del escenario del teatro, seguido de una presentación de lindísimas marionetas, para protagonizar la recitación de poemas alusivos al estudiante ejemplar.

Como cada año, yo me encontraba entre los seleccionados debido a mi intachable comportamiento. Siempre fui el más consentido de las educadoras, pues me encargaba de mostrar mi más lisonjera abnegación ante cualquiera de sus indicaciones, guiado yo por mi angustiante horror a la reprenda. Como la vez en que una entrometida abeja se infiltró al salón de clases y comenzó a molestar al niño de la butaca que estaba frente a mí, el salón entero estaba invadido por un silencio sepulcral, sólo se escuchaba el ejercicio de dictado de la educadora y su delicado taconeo pausado, como pausado estaba mi sosiego tras concentrar mis inhumanos esfuerzos en contener la risa que me causaba ver al niño de enfrente agitar su cabeza como poseído con tal de espantar a la divertida abeja que no hallaba cómo serenar su amarillo aleteo para encajar su aguijón en la cabeza de aquel inquieto infame.

Fue tanta la gracia que la insistente abeja me causó, que fracasé en mi sincero intento y una fuerza endemoniada me poseyó, haciendo brotar, como géiser alucinante en plena erupción, una temible risa que salió sin tregua de mis pequeños y delineados labios; no una risa, fue más bien un delirante y caótico alarido incontenible que se expandió por los pasillos y se escuchó hasta por los cielos.

De inmediato tapé mi boca con ambas manos, metiendo al desconocido demonio a mis entrañas, pero ya era muy tarde. La severa educadora, angustiada y ensordecida por mi temible vociferación, preguntó quién había sido. Volteé a verla con los mismos ojos de Rutilio cuando éste es reprendido, mientras lentamente levantaba mi dedo índice en espera del peor castigo, el cual no se hizo esperar. Sin darme oportunidad de exponer razón alguna, la indignada educadora me ordenó abandonar el aula.

Aquel día sentí, como una ola cayendo sobre mí, la vergüenza más grande tras aquel incidente sellado por mi vituperable conducta. No supe qué pasó con la traviesa abejita.

Me gusta presumir que a mí jamás me ha picado una sola abeja. Sólo el abominable abejorro que arruinó mi pundonor y sembró en mis labios, tras confundirlos con una jugosa flor, el más ponzoñoso de los venenos aquella tarde. Las abejas me parecen adorables, sobre todo las reinas, las más opulentas, las más adornadas, las más curveadas, que, como yo, tanta belleza derrochan.

Fuera de aquella temible carcajada que se apoderó de mi inocencia, no recuerdo haber experimentado incidente alguno al interior de las aulas que provocara la furia de las educadoras; mi pulcrísima conducta era recompensada con el cariño de cuanta maestra me conociese. Siempre me trataban con más dulzura que a nadie, por lo cual, año tras año, me terminaban eligiendo para recitar un poema frente al auditorio pobladísimo de conmovidos padres de familia.

Había una razón por la cual aquellas ceremonias se volvían de mis más anhelados días en el colegio, la razón es que usaba mis guantes blancos de algodón, poseedores de una extenuante pureza.

La noche anterior a la ceremonia me costaba innumerables minutos conciliar el sueño de tan sólo pensar que en unas horas estaría revistiendo mis delicadas manos con mis blanquísimos guantes.

Al levantarme por la mañana del anhelado día, era lo primero que me colocaba, incluso desayunaba con mis elegantes guantes puestos.

Poseían una extraña fuerza que imantaba a mis ojos. No dejaba de verlos ni un solo instante. Miraba mis manos y con mis palmas viendo hacia el suelo extendía mis dedos que delicadamente curveados volteaban hacia el firmamento. ¡Ay, el firmamento, tan lejano y tan semejante a mis religiosos guantes níveos! Su arrobadora belleza colmaba mi alma del más delirante orgullo. Al ponérmelos se disecaban todos los tumultos de mi atormentado espíritu, el mundo de afuera también se petrificaba.

De pronto, como tinta de acuarela derramada sobre un lienzo mojado, se confundían automóviles con gente, árboles con edificaciones, los asientos del auditorio tenían ora zapatos lustrosos, ora corbatas de moño. No existía nada, absolutamente nada, más que mis guantes blancos ornamentando mi pequeño cuerpo, mis suaves extremidades.

Y así iba, caminando, observando a mis manos, cuando súbitamente volvía a ubicarme la voz de la directora anunciando en el micrófono del auditorio nuestra inminente recitación de poemas de todos los niños de intachable conducta que formados ya estábamos detrás del escenario, ocultos entre las sombras de los pesados cortinajes de terciopelo rojo.

Previo a la ceremonia, sentía los borbollones de mi alborotada sangre subir por todo mi cuerpo hasta ruborizar mi rostro, simulando tener en cada una de mis mejillas una ardiente cereza. Me acorralaban de nuevo mis temores, que hacían sudar aún más mis manos cubiertas por mis celestiales guantes; al mismo tiempo, me invadía la angustiante pasión por pisar el escenario, por protagonizar, por ser visto y acaloradamente aplaudido por todo mundo mientras era el centro del espectáculo, aunque fuera por unos segundos, pero esos segundos eran para mí la más sublime gloria.

Entonces escuché mi nombre en el micrófono, ¡era mi turno!, y las expectantes ovaciones del auditorio sonaban acaloradas, soltándose las riendas de mis tinieblas.

Me encomendé a Dios, acariciando las doradas foliaciones de la cruz que cuelga de mi delgado cuello desde que mi amada abuela lo abrochó por vez primera. Una inesperada calma se apiadó de mis acongojados desvaríos.

Con una gracia superior en mi andar, acompañado por la pureza de mis guantes blanquecinos, decididamente me adentré en el escenario.

Debajo del gigantesco faro que parecía anunciar la venida del Señor, sólo había frente a mí una angustiante oscuridad engañosamente inhabitada. Me dirigí hacia el micrófono, experimentando las mismas sensaciones que

Mimí Derba cada vez que deleita a sus escuchas. Al tomar el micrófono sostenido por un bastón metálico inclinado hacia mi diminuta estatura, aparecieron frente a mis ojos nuevamente mis guantes. ¡Ay, mis divinos guantes!

Por un instante quise cantar, conmover a mi público con mi dulce voz de ruiseñor, asombrarlos con alguna de las canciones que Adolfa tanto me aplaudía, *ay, mi niño, qué bonita voz tienes. Habrías de ser cantante. Tú sigue cantando, no le hagas caso a tu mamá, qué estridencias ni qué ocho cuartos, a mí sí me gusta mucho cómo entonas. Ay, qué bonito mueves la voz, qué bonito de veras. Cantas como un ruiseñor.*

Pero tenía planeado algo distinto.

En días pasados escribí un poema, que discretamente reemplacé por la hoja que la educadora me había entregado semanas atrás para memorizarme un aburrido poema sobre un joven estudiante que se levanta muy temprano y a veces se desvela por ser muy cumplido. Teníamos la indicación de pasar al escenario con hoja en mano, por si los nervios nos sorprendían a mitad de la participación.

Aquella hoja del tedioso poema yacía arrugada en algún cesto de basura; en cambio, al pasar al escenario, sostenía entre mis manos, con la delicadeza con que se agarra un ramillete de gardenias, mis caudalosos versos bien resguardados en mi memoria, un pequeño poema que titulé *Mi azogue de fantasía.*

Mi azogue de fantasía

Qué dicha me causaría
tener frente a mí un espejo
para verme en mi reflejo
y apreciarme noche y día;
mi azogue de fantasía
caminaría conmigo,
sería, pues, el testigo
de mi sublime belleza
de delicada rareza
causante de mil suspiros.

El escenario

Al terminar de leer mi poema, esperé a ver las reacciones de mi audiencia. El público, confundido, no sabía cómo reaccionar.

Escuché entre la ensombrecida penumbra a escandalizadas señoras que, de haberlas visto, seguro tendrían sus enguantadas manos de encajes manchadas de bilé tras la reacción que les habría ocasionado escuchar mi poema. Pero también hubo conmovidas madres de familia que, en diluvios de llanto, me aplaudían fervorosamente. Alcancé a ver cómo los más cercanos al escenario, interrogantes, se miraban entre sí; algunas manos influenciables, más de fuerzas que de ganas, optaron por aplaudir; algunos ojos, sospechosamente escépticos, me veían escudriñantes, dubitativos. No faltó quien decidió retirarse, dejando un aura de furia e indignación.

Yo simplemente disfrutaba de mi vanagloria, de mi sola y única presencia en el escenario, disfrutaba cada aplauso y cada lágrima y cada alma abandonando el auditorio; disfrutaba de mi belleza tan admirada por todos mientras yo estaba allí, en el escenario, sobre aquel altísimo lugar estaba parado mi pequeño cuerpo causante de tan aparatosas reacciones.

Veía mi guante derecho, veía el izquierdo, me veía flotando en la oscuridad de aquel indecible abismo murmurante.

No supe cuánto tiempo pasó, pero de pronto vi a Fernando, quien, sonriendo hacia el público, como una estrella de cine, se dirigía hacia el centro del escenario, detrás de él se asomaban los ojos infernales de la educadora observándome desde la tenebrosa lobreguez detrás del cortinaje, quien seguramente indicó a Fernando, a manera de emergencia, ser el siguiente en pasar a leer un poema. Sí, como urgencia, porque la incomparable belleza de Fernando apaciguaría los bríos de los confundidos padres de familia que conformaban al público.

Decidí retirarme, no sin antes hacer una reverencia a mis atentos espectadores, como las que hacen las bailarinas de *ballet*. Y con lentitud me fui desvaneciendo hacia la orilla del cortinaje opuesto, libre de educadoras de ojos enervantes, mientras mis guantes iban dejando tras su paso una ondulante blancura fantasmal sobre el escenario.

Príncipes

Fernando llegó a ser amigo mío. No recuerdo cómo empezó nuestra amistad, quizá fue mientras Josué yacía en reposo tras haberse roto un hueso en alguno de sus arrebatados campamentos a los que tanto me insistía en acompañarlo y a los que siempre me negué por desinterés, pero sobre todo por temor a convivir con otros niños desconocidos y seguramente salvajes.

Tal vez me hice amigo de Fernando porque era el niño más apuesto y principesco de todo el colegio. Era rubio, altísimo y tenía ojos azules. Con levantar su atlético brazo alcanzaba el cielo.

Aparentaba tener más edad, su cuerpo era muy fuerte, muy firme. Me gustaba ver sus brazos. Cada que se presentaba la oportunidad, yo aprovechaba para tocar su musculoso pecho o simplemente para recargarme en él, o bien, para apoyar mi cabeza en su hombro, aunque nunca sentí lo mismo que con Josué, con Josué era distinto.

Entre Fernando y yo no había muchas similitudes, realmente no sé cómo llegamos a ser amigos, no recuerdo de qué platicábamos, o si platicábamos siquiera. Él hacía amigos con su simple presencia y atraía a cuanta niña se le cruzara con su arrobadora sonrisa de estupendos dientes blancos.

Su boca era muy grande, un beso suyo sería una experiencia sagrada.

Sus agobiantes ojos verdes los había heredado de su madre, una hermosa y joven mujer que aparentaba ser una princesa de cuento de hadas. Cuando nos llegábamos a encontrar en la escuela, ella se acercaba para saludarme con su eterna dulzura.

Los verdes ojos cristalinos de Fernando me causaban profundos cuestionamientos. Parecían hechizarme y yo me entregaba sin ataduras a su embrujo, me perdía en sus pupilas, siempre viendo su figura colosal, su cuerpo protector que bien podría defenderme en caso de que algún rufián quisiera robarme o de que alguien osara molestarme, aunque realmente nunca hubo necesidad de que él me resguardara.

Nuestra amistad se desmoronó cuando llegó Carlos a quitármelo. Carlos era igualmente alto, muy delgado, de cabello negro, guapo. Yo volteaba a verlos desde mi disminuida estatura, ellos platicaban, reían sin notar siquiera mi presencia, así que decidí dejarlos y volver a mi soledad, anhelando el regreso de Josué, mi verdadero y único salvador, mi héroe, mi príncipe y mi más íntima compañía.

En una de las visitas a la casa de Josué, hice con él la promesa de intercambiar un pedacito de nuestro pelo como muestra de nuestra eterna amistad.

Recuerdo que un día él me indilgó a quedarnos después de clases, cosa que estaba prohibida, para ir a escondidas a los columpios del colegio que tanto nos divertían. Él y yo, pero esta vez a solas. Como en una cita romántica.

Accedí.

Me subí al columpio y él me impulsaba una y otra vez, hasta que yo era capaz de balancearme con mis propias piernas. Reíamos por nuestra exitosa travesura. Yo lo veía sonriente, con sus blanquísimas mejillas chapeadas por el sol. Cristalizaba aquel instante con él para atesorarlo por el resto de mi vida, tal como aprecio el pequeño trozo de su castaño y suave cabello en mi guardapelo.

El cielo comenzaba a teñirse de un tono anaranjado. ¡No me había percatado de la hora! Nadie sabía que yo estaba en los columpios. Le pedí a Josué que me ayudara a detenerlo para ir hacia la reja de la entrada en busca de mi madre.

Fui corriendo hacia la entrada y a lo lejos vi inconsolables a mis padres gritando mi nombre. Mi madre estaba desesperada, en su rostro se dibujaba un angustiante pánico; mi fatigado padre trataba de consolarla, a él lo había invadido la desesperanza. El ama de llaves de la escuela se deshacía en explicaciones, sugiriendo que quizá yo había decidido irme a pie de regreso a casa.

Mis padres temían lo peor, un robo, ¡un secuestro!, ¡mi muerte! ¡Dios mío!, ¿qué sería si a esta edad yo muriera? Ay, Dios redentor, ¿qué sería de mí?

Finalmente, corriendo me dirigí hacia ellos, mientras mis arrepentidas lágrimas brotaban de mis ojos.

Al verme, pareció invadirlos una nueva vida. Parecieron resucitar. No hubo regaños, nalgadas ni manazos. Sólo un profundo y silencioso abrazo.

Al irnos, volteé en busca de Josué. No vi rastro alguno. Sólo tuve la sensación de estar siendo observado por alguna desconocida e inidentificable mirada. Los arbustos se movieron, el brutal viento de la advenediza noche se hacía presente. No lo vi a él. No supe qué pasó aquel día, quizá, como los príncipes, se desvaneció junto al atardecer.

Rosa ornamental

Con el paso del tiempo, decidí que mi pequeña rosa no necesitaba ser separada de mi cuerpo, realmente me gusta que sea parte de mí, me gusta como un adorno, como una rosa ornamental que brota de mi piel y es parte de mi esencia.

Llegué a la conclusión de que cada mujer posee un cuerpo distinto, algunas son velludas, otras no; algunas son delgadas, otras son obesas; algunas tienen la voz grave, otras aguda y otras hasta tipluda; algunas dejan crecer su cabello, otras no; algunas son rubias, otras morenas.

¿Será que algunas tienen una flor silvestre entre las piernas?

Trenes de mulitas

Una tarde, mientras Felisindo recortaba los rosales del jardín, me acerqué para platicar con él.

Los trenes de mulitas, de los que me hablaba Felisindo, ya no se usaban más, la modernidad había nacido junto conmigo, me contaba entusiasmado. *N'hombre, hubieras visto qué friegas se llevaban las mulitas, andaban de arriba pa' bajo todo el día, así fuera en el suelo roto y humeante de la tierra tan seca que es Ixtapan de La Panocha, el mismito infierno. Y luego las mulitas desde allá llegaban ansina, todas jodidas de sus pies, pus imagínate, ni un minuto paraban de trabajar, apenas llegaban a la urbe y a descargar la mercancía.*

Un buen día el gobierno nos compró docenas de burros y mulas, entonces llegaban las mulitas a rematar acá, pero ora en la urbe, en vez de mercancía, cargaban bultos de gente trepada en el tranvía. Ya luego vino el tranvía eléctrico, el mismito que ves ahorita. Cuando tú naciste, ya había mucho de transporte moderno.

Pero no te creas, las mulitas por aquellos años sí la sufrieron. Ya no volvieron a su tierra, y en cambio miraron cómo sus vidas cambiaron, allá en Ixtapan de La Panocha el calor humeante, y acá en la urbe los cielos siempre diluviando, tremendos aguaceros

que les mojaban hasta los pensamientos, por eso se les ve la triste-
za por los ojos, porque ellas tampoco olvidan, también resienten,
se enferman de tiricia, igual que uno cuando lo invade la nostalgia.

La Esmeralda

Visitaba, con mi madre y mi abuela Ewa, la distinguida y opulenta joyería La Esmeralda, ubicada en Plateros. Su nombre completo era La Esmeralda Hauser Zivy & Cie. Allí se abastecían ellas, en años más prósperos, de las mejores alhajas imaginables.

Ir a La Esmeralda era uno de mis pasatiempos predilectos, se albergaban las mejores joyas traídas de Europa. En su interior había un tragaluz semejante al de mi casa, vitrales que irradiaban sus luces de colores múltiples sobre los suelos y daban un brillo particular a las alhajas exhibidas en las vitrinas. Faltriqueras con leontinas y cubiertas doradas, relojes de mano con diamantes y perlas, con números romanos alargados y puntiagudos; collares larguísimos y otros más cortos, estuches de terciopelo para boquillas, bolígrafos o pendientes, pendientes y anillos de zafiros y de cristales de Swarovski, de rubíes, topacios y misteriosos granates, aventurinas españolas, agobiantes ópalos, el mejor ámbar polaco y la más inusitada moldavita.

Las más preciadas gemas de Europa, todas allí estaban, en las vitrinas de La Esmeralda, *y a un costado, en el sótano de la Droguería Plateros, años atrás se mostró al público mexicano la primera película, el 14 de agosto de 1896, gracias a la llegada del cinematógrafo, invento de los hermanos Lumière,* me contó mi madre en una de nuestras visitas a la joyería, porque para pasar a la droguería, había que atravesar la tienda.

Tiempo después vi esa primera proyección, me hubiera gustado tener los vestidos y sombreros de alguna de las damas que aparecieron en aquella película, sobre todo, si hubiera sido yo alguna de las niñas que salen ataviadas en blancos vestidos, me hubiera postrado frente al cinematógrafo para que los espectadores observaran mi belleza, mi silente y desafiante hermosura, semejante a la de las piedras preciosas exhibidas en La Esmeralda, como un hecho insólito registrado por el aquel entonces secreto aparato, el cinematógrafo.

Quinceañera

Visité de nuevo Ixtapan de La Panocha con Felisindo. Necesitaba probar más paletas de zarzamora.

Al bajar del tranvía, en un poblado cercano, nos encontramos con una plaza rebosante de frutas y fruteros; una marea de olores a comida frita mezclada con el aroma de frutas y sombreros nuevos que vendían los marchantes, cargando sobre sus espaldas edificaciones, rascacielos hechos a base de sombreros; también había vendedores ambulantes de pájaros en jaulas más rústicas que la de mi casa, pero las aves igualmente tristes por no poder volar en el cielo, aunque iban cantando una verdadera sinfonía. Una orquesta de pajaritos de voces muy bien disciplinadas. Había puestos de canastas de todos los tamaños, otros puestos de artesanías de barro: tazas, platos, cántaros, jarras, jarrones, floreros; ¡qué barbaridad! Era un museo efímero lo que había ahí, un museo sabatino repleto de gente de arriba abajo.

Felisindo me compró un delicioso mango, le pedí a la señora que lo atestara de chile del que pica y le exprimió como diez limones, quedé extasiado con aquel manjar ácido, esa señora debería ser nombrada patrimonio cultural por hacer esos experimentos culinarios hechizantes. Siempre con Felisindo probaba frutas de maneras que no sabía que existían.

Al atravesar esa alharaca armónica nos encontramos frente a una iglesia relucientemente amarilla, de la cual iba saliendo una muchacha con un vestido de seda enorme color de rosa. Me dijo Felisindo: *mira qué chula quinceañera, ¿verdad?*, la gente le aventaba pétalos blancos mientras ella salía victoriosa del santuario. Le pregunté a Felisindo si se estaba casando y me respondió que *no, chiquillo, son sus quince años, ya pasó de niña a mujer. A todas las señoritas se les hace este festejo cuando llegan a sus quince años de edad, ya están en edad de merecer, ya no son pequeñas. Desde que cumplen quince ya son unas mujercitas bien hechas, ya son fértiles y ya no las ve uno como niñas, sino como señoritas, ya como mujeres. Y ésa está festejando la llegada de sus quince primaveras, su familia le organiza un banquete celebrando que ya es mujer, una comida en grande, yo creo que todo Ixtapan de la Panocha debe estar en camino para su fiesta de quince años.*

Escuché que una dama regordeta le dijo sonriente a la quinceañera: *Mijita, cuando tengas novio, procura que tenga bigote, porque dan unos besos muy ricos.* Inmediatamente me acordé del ingeniero Daniel Garza, no pude contener mis deseos de besarlo hasta el delirio, ansiaba sentir su abultado bigote coronando nuestro beso eterno, sentir ese picor desquiciante de su hombría al fervor de nuestras salivas mezcladas.

Yo anhelaba tener ese festejo por mis quince años, le imploraba a Dios con todas mis fuerzas que a mis quince años yo también me convirtiera en una mujer, una que pudiera merecer, como decía Felisindo, ¿pero merecer qué? Tal vez merecería la dicha de acostarme en el lecho de un hombre valiente como Josué. Él me haría merecedora, yo sería la mayor meretriz el día en que cumpliera mis quince años… Mi vestido sería inaudito, uno sin igual. Estaría hecho de kilométricos olanes de tul blanco, usaría un corsé de encaje blanquecino y entallado para que mis pechos se vieran como los de la quinceañera: igual de prominentes y voluminosamente circulares; me haría un chongo grande y portaría una tiara de circonias como las que usan las niñas en los certámenes de belleza de la primaria, pero ésta sería una corona de puntiagudas torres, sería como la catedral de Notre-Dame sobre mi cabeza, ya no de niño, sino de señorita; poseería también las piedras preciosas más raras, las más costosas; levantaría la oscura envidia de las mujeres tras la estela refulgente de mis pasos.

Me aventarían pétalos de rosas blancas, o no, mejor de gladiolas, simbolizando la muerte de mi cuerpo de niño y celebrando la llegada de mi cuerpo de mujer; una de sublime sensualidad y jovialidad destellante. Los muchachos me cortejarían a diario y yo les regalaría el derecho de ser merecida o los descartaría, dependiendo de si me gustan o no. Josué sería el primero de todos. Sería merecida por vez primera en su casa del árbol. Galantemente, me despojaría de mi virginidad, me embarazaría mientras sus ojos de mar penetran en los míos. Nadaría en el manantial de sus ojos, entre borbollones lapislázuli, verde esmeralda; con sus brazos arropando mis recuerdos y mi sereno cuerpo de mujer.

Como cada año humano son siete de perro, cuando fue el cumpleaños quince de Ágata, mi amada perrita, mi galimatías bestial, mi adorada esfinge, ajusté a su pequeña cabeza mi corona para colocársela. Fue la quinceañera más hermosa que México ha visto. Se veía divina, como una preciosa hada con cara de changuita.

Al transcurrir el tiempo, me fui dando cuenta de cómo las señoritas del colegio iban haciéndose de un acervo importante de novios, todos hermosos, atléticos. Sin embargo, en mí no se fijaban, aquellos jóvenes apuestos me veían como su par, no como su complemento. Como decía Adolfa cuando alguien tardaba en llegar: *no llega, ya se dilató*, lo mismo sentía yo, aquel muchacho que viera en mí mi verdadera esencia no llegaba.

Entrevista (tercera parte)

2 de marzo de 1926

C: ... se estaba dilatando, se estaba expandiendo en el tiempo, como mis deseos nocturnos, complacidos por fuerza propia, con imágenes oníricas de ser contemplada por *él*, una entidad inexistente. Así que, respondiendo a tu pregunta sobre si he sido amada... la respuesta es no. Me ha amado mi familia, mis amigos, mis adorados perros, pero, sobre todo, he sentido el abrazo de la eterna soledad.

A este mundo he venido sola, y sola habré de irme. Soy una mujer destinada a la soledad. Es como si fuera invisible para los hombres. Me repelen. Es, tal vez, la mayor angustia que provoca en mí el envejecer. Veo mis días transcurrir, veo mis años pasar con mis brazos desnudos, cubiertos de polvo. Tengo miedo de llegar a la fealdad irremediable, a convertirme en la silueta de un hombre indeleble y desdichado, un espectro humano que acumule entre los pliegues de sus agravadas arrugas la esencia de sus penas, el espíritu de su decadencia; y que, al verme en el espejo, vea un río de recuerdos solitarios en los que mi lozano cuerpo haya pasado inadvertido para todo hombre. Probablemente por eso conservo con tanto recelo mis autorretratos, por eso mismo me fotografío, para admirarme a mí misma, ya que no hay un *él* que me haga sentir deseada. Se dice fácil, pero, ciertamente, no lo es.

Hay en mi inconsciente, pienso, una necesidad de amor erótico que necesita ser satisfecha, y si no lo encuentro afuera, debo reemplazarlo con paliativos, con aproximaciones, así sean ilusorias.

He llegado a acostarme con un sinfín de barbajanes, precisamente para acercarme un poco, sólo un poco, a la sensación de ser amada, aunque sea únicamente por instantes efímeros. En realidad, ellos me ven como un hombre travestido, eso alimenta sus fetiches, no se dan cuenta de que no soy una cosa, me ven como alimento erótico, me vuelvo objeto de deseo cosificado, pero es tanta mi necesidad por sentir el calor de un hombre que he llegado a aceptarlo, con ese antifaz invisible que uso para simular que quien me está acariciando, besando, estrujando o penetrando, me ama; aunque en realidad sólo ama el simbolismo que en él evoco, mi superficie.

Cuando estás sola por tanto tiempo, te acostumbras a no tener contacto humano, cuando vuelve a pasar no sabes cómo actuar, olvidas lo que es prepararte para una cita. En una conversación las ideas vuelan como pájaros, se te van de la boca sin decirlas.

Tiene tantos años que no tengo una cita… una de verdad. Quisiera volver a tener una para ver a ese hombre, a ese muchacho que va ataviado de cierta forma con tal de verme a mí, de parecerme atractivo, ¿usaría suéter?, ¿una camisa?, ¿abierta o cerrada?, ¿pantalón de gabardina?, ¿*beige* o azul marino?

Me han amado tan poco, he estado tan sola, que con poco me conformo, una simple mirada puede volverse el mayor gesto de amor. Como leí en algún libro: «De los síntomas de todas las enfermedades que padezco los que no me equivoco nunca en identificar son los del amor». Reconozco la sintomatología amorosa, no obstante, siempre termino enferma de clorosis. La bilis negra se apodera de mí, es una negrura compuesta de una gélida melodía de silencios interminables.

Mi cabellera, como el silencio, está llena de ausencias, como mi vida misma.

Pero hay algo de reconfortante en todo esto. Y es que, en esos mundos que yo creo, existen otras posibilidades.

J: Gracias, Cayetana, por su honestidad. ¿Diría usted que su escritura y su fotografía surgieron a raíz de haber descubierto su camino solitario?

C: Escucha mi siguiente poema: *Corazón abierto.*

Imperceptibles gotas cristalinas
resbalan por mis dedos,
es la sangre que emana
de mis latidos a corazón abierto,
cortado por el filo
de mi oscura letanía,
de mi soledad inagotable.
Con el crucifijo en mi mano
caigo de hinojos,
las puntas de la cruz
son espinas de fuego
incrustadas
en el cielo de mis arterias.

Las gotas
de transparencias revestidas
caen de mi pecho al suelo,

lágrimas suspendidas
de mi apuñalado corazón,
granizo de cristal flameante
que jamás se estrella,
pues mi precipicio está plagado
de un vacío infinito;
en mi nocturno precipicio
no existe el final.

Comencé a escribir en mi niñez, anotaba todo lo que pensaba, lo que sentía con respecto al mundo. Al advertirme frustrada por no poder entablar un binomio con nadie, tal vez a los doce años, comencé a escribir poesía. Por supuesto, una poesía muy poco entrenada, muy infantil. Desde los siete años leía, fui agudizando mis gustos literarios y conocí verdadera poesía que me llevó a escribir. Primero comencé escribiendo versos, luego cuentos, después, en un ejercicio para no olvidar lo que había leído, escribía resúmenes que al ser leídos por otros escritores, causaban cierta fascinación, fue cuando me di cuenta de que más que síntesis eran ensayos publicables, leíbles; así me fui involucrando, poco a poco, en el periodismo cultural. En eso estoy actualmente.

Por otro lado, en la fotografía me inicié, bien, a los quince años. Como te conté, mi primer contacto con la fotografía fue también a mis doce años, pero cuando me adueñé de una cámara para disparar, para cristalizar el espacio, fue a los quince. Seis años después tomó lugar mi primera exposición fotográfica individual. Luego de dos años más, la segunda. Han pasado cuatro años desde que mantengo la fotografía un tanto pausada, me he dedicado más a la escritura y a los empleos desdichados de los que te hablé, que me mantienen en una ruleta rusa de finanzas. Pero en el último año la he estado retomando. Antes de que te vayas te mostraré las más recientes fotografías que he tomado, las tengo aquí, en mi álbum.

J: Qué gusto escuchar que la está retomando, y claro, me encantaría ver ese álbum. Volviendo a su escritura, Cayetana, cuénteme, ¿para qué escribe?

C: Quizás en el fondo por vanidad, porque es a ella a quien debo mi existencia. Sin mi vanidad y sin mi escritura no podría soportar la vida. Simplemente no me concibo en este mundo si no es escribiendo, dándole vida a mi caprichosa vanidad. Escucha el siguiente par de décimas, *Mi sublime vanidad*, lo titulé:

> *Es mi sublime vanidad*
> *la que crea mi destino,*
> *cincelando mi camino,*
> *tan vacío de humildad,*
> *tan repleto de ruindad.*
> *Por cristal esmerilado*
> *mi andar está alumbrado;*
> *más petulante que austero*
> *mi recorrido sendero*
> *ya de excesos ilustrado.*

> *Ningún astro me ha opacado,*
> *debo yo de confesar;*
> *pues, he llegado a pensar,*
> *tengo eternamente atado*
> *el sistema planetario*
> *a mi sangre torrencial,*
> *río de sombra glacial,*

en que luces consteladas,
mágicos luceros de hadas,
forman mi cuerpo espacial.

C: Alguna tarde, años atrás en el Café París, ubicado en Jalisco 100, un buen amigo mío, Julio Torri, a propósito de mis cuentos y poemas, me dijo que yo escribo *para fijar los evanescentes estados del alma, las impresiones más rápidas, los más sutiles pensamientos.* Y tiene mucha razón, eso es mi escritura. Sin duda alguna, es a través de ella que materializo aquellos mundos que yo veo, que yo siento, las imágenes que albergan el jardín de mi pensamiento.

La poesía es mi curación. Hay sombras que flotan como niebla ingrávida en mi mente y es hasta que escribo cuando logro hallar una manera de ver y tocar aquellas sombras que vienen del más allá, de algún recóndito lugar desconocido, que no sabría decirte dónde está ni cómo es, pero que existe. Es por mis versos que mi alma logra encontrar sosiego ante mis más profundas pasiones.

La poesía me permite excavar hasta lo más íntimo de mi espíritu, me permite entrar en contacto con mi naturaleza en su estado más puro. En mi poesía no hay rejas, pero sí puede haber espinas venenosas. En mi poesía hay a veces un dolor insostenible, porque mi naturaleza, si bien está compuesta de flora y constelaciones, también lo está de una materia extenuantemente lacrimosa.

Mi escritura es mi casa; a la vez que un microcosmos, es el palacio de mi pensamiento, la cueva de mi espíritu. Es el laberinto en el que logro hallar sosiego, en donde camino por senderos pletóricos de foliaciones, por pasillos encantados que, con su oscuro misterio, alumbran mi albedrío. Pero, como te digo, es también edén de mis marti-

271

rios, es el jardín de mis aperlados suplicios. Y ése mismo es el paraíso en donde quiero permanecer.

El poema, el cuento, tienen vida propia. Una vez que los escribo, ellos vuelan y encuentran su nido en los ojos, en los oídos, en el pensamiento de quien los contempla.

J: Quisiera preguntarle, ¿de dónde proviene su nombre: Cayetana?

C: Es difícil, querido, explicar con precisión su origen. Sólo he de decirte que ha sido un nombre difícil de encontrar; me ha llevado interminables noches, infinitos insomnios hallarlo, pero un día el universo me lo ofreció como un collar de perlas deslumbrantes en su estuche. Yo simplemente lo tomé, tal vez porque en mi inconsciente habitaba la imagen pictórica de la Marquesa Cayetana de Alba, retratada por Goya, mujer a quien el tumulto de atención viril, de lascivos deseos insospechados, se vertía sobre sus zapatos de terciopelo azul. Si pusiste atención en mi atuendo, son justo como los que hoy adornan mis pies. Por otro lado, Cayetana hace referencia a la fortaleza de la piedra, y al portar este nombre, poseo la fuerza y, al mismo tiempo, la belleza de las piedras; la belleza petrificada. Quizá por eso comulgo en afición desmesurada, idolatrada, a las gemas preciosas que biselan mi cuerpo y mi pensamiento. Y nota, querido, que las piedras no se reducen a éstas, mis caprichosas joyas que me adornan a diario; allá, arriba de nosotros, en el cosmos, hay lunas, hay constelaciones, universos y galaxias compuestas de imperfectibles piedras. Bien tuvo a decir Pitágoras que no oímos la música cósmica, la música de las esferas celestes, por estar acostumbrados a su sonido desde el nacimiento. Así fue como me consagré a mi nombre actual, Cayetana, al escuchar los rumores de los astros; es la denominación que alberga mi naturaleza silvestre, es el apelativo que jardina mis sueños celestes. Finalmente, pienso, soy la encarnación de mi pensamiento.

J: Es, sin duda, un nombre muy particular, muy bello... Retrocediendo un poco, Cayetana, ¿podría contarme cómo fue el momento en que le hizo saber a su familia sobre su identidad femenina?

C: Ellos lo supieron desde que yo era pequeña, notaron mis gustos diferentes a temprana edad, sólo que nunca quisieron verlo. Optaban por pensar que sería algo pasajero. Originalmente les dije, hace más de diez años, que era un hombre homosexual, lo cual no tomaron nada bien, era un secreto de familia.

Eso sucedió pocos años antes de su regreso a Alemania, pues he de decirte que mis padres y mis hermanos decidieron rehacer su vida en Alemania tras la crisis económica que dejó la Revolución. Mi abuela para entonces ya había fallecido. Mira, esta cruz de hojas que cuelga de mi cuello es un obsequio de ella, es mi reliquia familiar, nunca me desprendo de ella; por eso siempre me acompaña un ligero aroma a jazmín, por este dije de mi querida abuela, suspendido junto a mi corazón todos los días.

Al poco tiempo también dejé de ver a Felisindo y a Adolfa, pues tras mis constantes desempleos no tuve dinero para solventar sus salarios. Con mucho esfuerzo me alcanzó el dinero para sostenerme a mí. Lo único con lo que me quedé fue con esta casona.

En fin, antes de que mi familia regresara a Alemania decidí que era el momento para hablarlo con ellos. No sabía hasta cuándo volvería a verlos. Mis hermanos ya estaban al tanto, se los había confesado años atrás, pero era momento de hablarlo con mis padres. No recuerdo con exactitud lo que les dije, esas palabras quedaron borradas de mi memoria, se las tragó la tierra.

Fue difícil, vi en sus semblantes un rictus que ningún hijo quisiera ver en sus padres; se dibujó en sus rostros una especie de dolor, el momento de una despedida, porque, aunque no lo creas, decírselos fue mi liberación, sí, pero también fue mi muerte para ellos; si bien, una muerte simbólica, significaba la muerte de ese disfraz masculino que se había impregnado en mí como sanguijuela hasta llegar a mi sangre, a mis venas, y del que finalmente me desprendía.

Imagínate estar cargando todos los días, invariablemente, con un costal de piedras, y tras armarte de valor, sentir cómo se convierten en cristal cada vez más fino hasta llegar a su pulverización. De pronto ya no hay piedras, ya no hay costal, sólo queda un sentir ligero, volátil de tu ser, de tu cuerpo, y debajo está el polvo de aquellas piedras del pasado, que al mismo tiempo son las lágrimas del desengaño, que surgieron como respuesta al ver mi sangriento y pesado teatro finalmente caído.

Espera aquí un momento, sírvete un poco de té y mira mi álbum fotográfico. No te vayas aún, tengo algo que darte.

Tras encender su cigarrillo con un cilíndrico encendedor que tiene incrustada una esmeralda en la punta, la poetisa Cayetana se levanta de su asiento, introduciendo el humeante cigarro a la delgadísima boquilla de ónix labrado, con una punta dorada en forma de lirio.

Pero antes, te voy a recitar un poema que titulé *Eternidad*. Recuerdo que la primera persona que lo escuchó, una noche en el Café París, planeando nuestro viaje a Nueva York, fue mi adorado amigo Xavier Villaurrutia.

Van volando, ¡ay!, mis días,
y mi tiempo diamantado
va llenándome de brillo,
pues se va descongelando
al transcurrir los segundos.
Me refugio en el pecado,
me solazo en los jardines
de mi pensamiento osado,
donde no existen los límites
ni tampoco mi pasado.
Mi larguísimo cabello
se vuela desenfrenado,
toma una divina forma:
negros pájaros volando.
Mi cabeza pasó a ser
árbol negro y enramado,
volvióse pájaros negros
que hacia el cielo van nadando,
azulado firmamento
de secretos constelados
en que mis celestes pájaros
se esparcen harto halagados;
pájaros, aves de noche,
van los cielos horadando,
sombras de mi pensamiento
ya en la nieve, ya en los prados.
Al verme frente al espejo
en silencio eterno nado,
floto en la nada del todo,
la locura me ha formado,
cuerpo soy de la demencia,
¡ay, reflejo abandonado!

Por un oscuro abismo
mi rostro está rodeado,
heme en velo fantasmal
de negra noche bordado,
¡oh!, mi rostro blanquecino
de carices cortesanos,
sublime rostro de hada,
de realeza guarda rastros
mi semblante evanescente,
¡ay!, tan destellante a ratos,
luciérnaga de noche,
luz en un bosque encantado.
¿Qué paralelismo encierra
mi semblante alumbrado,
que cualquier piedra preciosa
termina siendo a su lado
una belleza inferior,
un suceso opacado?
En las sombras de mis párpados
se esconde esfumado
el oráculo que dicta
mi futuro declarado,
el fin de mi porvenir
entre sombras ilustrado.
Infinitas son mis sombras,
como infinito es mi estado;
clavóse en mí una espina,
lo eterno en mí, se ha incrustado.

La poetisa Cayetana sube por la escalera de caracol, con barandales de siluetas florales. Se dirige hacia el piso de arriba velozmente, como una niña jugando a hacer una travesura.

Me levanto por el álbum de fotografías, comienzo a hojearlo, intrigado por su contenido. Cayetana, como fotógrafa, es injustamente poco reconocida. En sus imágenes se nota un profundo interés en las texturas, en las formas arquitectónicas. En general, en objetos o escenas, en ocasiones invadidas con la presencia de personas, sin embargo, cuando gente aparece en sus imágenes emulan ser personajes de un universo distinto, complementario de la atmósfera allí mostrada. Evidentemente no son fotografías que registraban hechos noticiosos; son mundos que ella crea a partir de la lente de su cámara Graflex.

Tomo la tetera nouveau que se encuentra al centro de la mesa. Es platinada, exageradamente larga y con diseños vegetales en la agarradera y en los contornos de arriba. Si nunca hubiera visto una tetera, pensaría que se trata de una escultura femenina, simula ser un vestido metálico y vertical, que al caer se expande como la corola de un tulipán real o una amapola. Inclino la tetera sobre mi taza de cerámica, voy vertiendo la infusión de moras que inunda la sala con su aromático y morado humo.

Comienza a anochecer, detrás del ventanal puede observarse el crepúsculo naciente asomándose a la espalda de los sauces que delimitan el espectro floral, ese amplio jardín de Cayetana, y las incipientes sombras alargándose en la calle.

De pronto, escucho pasos delicados, rítmicos, bajando por las escaleras, emitiendo ecos blanquecinos de finura diluvial a lo largo de la casa. Al dirigir la mirada al núcleo de aquella parsimonia, veo a Cayetana de la Cruz y Schneider envuelta en un vestido tornasolado: verde turquesa, amarillo oscuro, ocre, azul rey, verde turquesa nuevamente; una tonalidad tornasolada circular. El vestido de noche tiene una apertura en la espalda que esculpe su magnífica figura, tiene unas hombreras dramáticas, abombadas hasta el codo, como los vestidos del siglo XIX, y el resto de las mangas se van adelgazando hasta llegar a fusionarse con su dedo ma-

yor; el cuello es alto, la silueta en el lugar de la cintura es ceñido, una cintura delgada que se va ensanchando como montaña en las caderas prominentemente circulares —como sus cuestionamientos—, va bailando su cromático andar con las últimas ráfagas de luminiscencia que asoman por el ventanal. Adornada con un alto peinado recogido, sus lianas de cabello negro dan vueltas y más vueltas sobre su cabeza... un eterno laberinto, laberinto redondo e infinito. Su piel es de apariencia alabastrina, diamantada... no sé si será la luz, tal vez refulgencias cosméticas, o los destellos emitidos de su atuendo resonando sobre su rostro. Se vuelve transparencia nítida, veo la diafanidad encarnada en ella. Me sonríe, pausa a la mitad de las escaleras, trae en sus manos una pequeña caja de metal —¿es una caja musical?— y debajo una pequeña libreta. Abre la caja y comienza a sonar Für Elise de Beethoven... Como si la música fuera una especie de temblor, de premonición volcánica, del vestido de Cayetana una sinfonía lumínica de diminutas luciérnagas empieza a cimbrar, un enjambre de luciérnagas espectrales comienza a desasirse de ella, quien expande sus brazos como mariposa, sintiendo el desprendimiento de su lienzo dérmico, hasta hace unos segundos ocupado por la textura tornasolada de aquellos pequeños soles cintilantes, que por alguna razón mágica habían formado aquel inaudito vestido.

La poetisa, ahora desnuda, acompañada de sus anillos infalibles de amatistas y esmeraldas, continúa sonriéndome, tan sólo nos separa una bruma de pequeños fulgores cósmicos, una nebulosa de luciérnagas danzantes en la oscuridad de la casa. Mariposa humana, mujer del encanto renacido, de la belleza petrificada, simula en estos instantes la evolución de una crisálida que se abre con lentitud para desprenderse del mundo terrenal. Me señala con su mirada la jaula que habita en el rincón de la casa; sobre el escritorio que hay adentro, una orquídea negra y hechizada está latiendo.